ARRAN

Michael Peinkofer
Gryphony
Der Bund der Drachen

Michael Peinkofer

Gryphony

Der Bund der Drachen

Band 2

Ravensburger Buchverlag

Bibliografische Information der Deutschen Nationalbibliothek:
Die Deutsche Nationalbibliothek verzeichnet diese Publikation in der
Deutschen Nationalbibliografie. Detaillierte bibliografische Daten sind
im Internet über http://dnb.d-nb.de abrufbar.

Das für dieses Buch
verwendete FSC®-zertifizierte Papier liefert
Arctic Paper Mochenwangen GmbH

1 2 3 4 5   E D C B A

Originalausgabe
© 2015 by Michael Peinkofer und
Ravensburger Buchverlag Otto Maier GmbH
Die Veröffentlichung dieses Werkes erfolgt auf Vermittlung
der literarischen Agentur Peter Molden, Köln.

Umschlag- und Innenillustrationen: Helge Vogt
Lektorat: Iris Praël

Alle Rechte dieser Ausgabe vorbehalten durch
Ravensburger Buchverlag Otto Maier GmbH
Postfach 1860, D-88188 Ravensburg
Printed in Germany

ISBN 978-3-473-36917-1

www.ravensburger.de

Prolog

„Agravain?"

Melody flüsterte seinen Namen.

Hoffend, flehend, fast wie ein Gebet.

Doch die einzige Antwort, die sie erhielt, waren die Geräusche des nächtlichen Waldes.

Hier das Rauschen des Windes, der in die Baumkronen fuhr.

Dort ein Rascheln im Gebüsch, ein knackender Zweig.

Dann der heisere Schrei eines Kauzes.

Melody erschauderte.

Genau wie in all den Nächten zuvor, in denen sie sich nachts heimlich auf die Lichtung im Wald geschlichen hatte. Hier waren sie einander zuletzt begegnet.

Mehr als drei Monate war das her.

Drei Monate, in denen sie einander nicht gesehen

hatten. Drei Monate, in denen Melody nicht eine einzige Nachricht von Agravain erhalten hatte, dem jungen Greifen, der so unvermittelt in ihr Leben getreten war.

Wehmütig musste Melody daran denken, wie sie das Greifen-Ei gefunden hatte und wenig später das Fabeltier, halb Adler und halb Löwe, daraus geschlüpft war. Auch wenn sie damals noch nicht das Geringste über Greifen gewusst hatte, eins war ihr sofort klar gewesen: Diese Begegnung würde ihrer beider Leben für immer verändern.

In den darauffolgenden Wochen war Agravain mit beängstigender Geschwindigkeit gewachsen. Zu dieser Zeit waren geheimnisvolle Männer in schwarzen Mänteln auf den Plan getreten, die den jungen Greifen um jeden Preis in ihre Gewalt bringen wollten. Vor drei Monaten hatten sie es zuletzt versucht.

Inzwischen hatte der Sommer auf der Insel Arran Einzug gehalten. Hier vor der schottischen Westküste lebte Melody mit ihrer Großmutter Faye unweit der kleinen Stadt Brodick. Dort betrieben sie eine kleine Pension an der Küstenstraße, das Stone Inn. Glücklicherweise war Melody durch Agravain auf einen uralten Greifenschatz gestoßen. Denn die Edelsteine aus diesem Hort hatten nicht nur vollends ausgereicht, um Granny Fayes Schulden zu begleichen. Sie hatte auch noch das Stone Inn gründlich renovieren können. Und so erstrahlte die alte Pension seit zwei Wochen in neuem

Glanz und es hatten sich sogar schon einige Gäste eingefunden. Alles war gut geworden – und das hatte Melody einzig und allein Agravain zu verdanken. Umso trauriger machte es sie, dass er nichts mehr von sich hören ließ.

Hatte er nicht gesagt, dass er über sie wachen und sie beschützen wollte? Wo in aller Welt war er? Hatte sie womöglich etwas falsch gemacht und ihn verärgert?

Oft wachte sie nachts auf und blickte auf den magischen Greifenring, mit dem alles angefangen hatte. Aber der Ring hatte sein blaues Leuchten verloren. Sosehr Melody auch in sich hineinhorchte, nicht ein einziges Mal hörte sie Agravains Stimme. Und Mr Clue, der kauzige alte Trödler, der ihr den Ring geschenkt hatte, war von einem Tag auf den anderen verschwunden. Angeblich verreist. Dennoch sorgte sich Melody um ihn, genauso, wie sie sich um Agravain sorgte.

Anfangs hatte sie noch geglaubt, die Nähe des Greifen zu spüren. Aber seit einigen Wochen schon nicht mehr – und allmählich fragte sie sich, ob sie all die Abenteuer wirklich erlebt hatte.

Hatte sie tatsächlich ein Greifen-Ei in dem uralten Steinkreis gefunden? Und war wirklich ein Fabeltier daraus geschlüpft? Melody konnte es selbst kaum mehr glauben. Gut, dass sie mit ihrem Freund Roddy McDonald ihr Geheimnis teilen konnte – auch wenn sie sich in letzter Zeit nur noch selten sahen. Roddy hing dauernd vor der Spielkonsole, die er sich von seinem Anteil am Greifenschatz gekauft hatte. Deshalb fühlte sich Melody oft einsam.

„Agravain?", fragte sie noch einmal in die dunkle Stille des Waldes, aber auch diesmal erhielt sie keine Antwort.

War Agravain womöglich etwas zugestoßen? Hatten ihn seine geheimnisvollen Verfolger doch noch geschnappt? Wie immer bekam Melody bei diesem Gedanken Angst. Und plötzlich hatte sie das Gefühl, dass jemand sie beobachtete.

Sie fuhr herum und spähte zitternd in die tiefe Dunkelheit. Als erneut ein Kauz schrie, erschreckte sie bis ins Mark. Sie wandte sich um und rannte zurück zum Waldrand, wo sie ihr Fahrrad abgestellt hatte. Sie wollte nur noch nach Hause ins Stone Inn, in die Sicherheit ihres Zimmers.

Der Fremde

In der Schule war alles beim Alten geblieben.

Na ja, fast alles.

Ashley McLusky und ihre Zicken-Clique behandelten Melody zwar immer noch wie einen Menschen zweiter Klasse, aber wenigstens hatten sie ihr schon eine ganze Weile lang keine Streiche mehr gespielt. Seit ihr rosafarbener Toy-Pudel Pom Pom spurlos verschwunden war, warf Ashley Melody zuweilen verstohlene, manchmal sogar ängstliche Blicke zu. Sie ahnte wohl, dass Melody wusste, was mit ihrem Schoßtierchen geschehen war. Aber natürlich biss sie sich eher die Zunge ab, als Melody danach zu fragen.

Ashley und Melody mieden einander und das war vermutlich auch besser so. Zumal es Ashleys Vater, einem auf der Insel bekannten und ziemlich mächtigen

Baulöwen, nicht gelungen war, sich Grannys Stone Inn unter den Nagel zu reißen. Er hatte es abreißen und an seiner Stelle ein Luxushotel mit allem Schnickschnack errichten wollen. Der Fund des Greifenschatzes, der Granny wieder mit Geld versorgt hatte, hatte dies in allerletzter Sekunde verhindert.

Schon bald nach dem großen Abenteuer, das Melody gemeinsam mit Agravain und Roddy bestanden hatte, war wieder der Alltag eingekehrt. An den Wochenenden und an den schulfreien Nachmittagen half Melody Granny Fay in der Pension. Und wenn am frühen Montagmorgen der Wecker rappelte, begann wieder alles von vorn: Schule und Arbeit. Granny Fay, die immer schon früh auf den Beinen war, um das Frühstück für die Gäste zuzubereiten, buk für Melody einen frischen Pfannkuchen. Dann ging es auch schon raus aufs Rad und zur Schule.

An diesem Morgen wartete Roddy an der Kreuzung auf Melody. Sein dunkles Haar sah eigentlich immer so aus, als hätte es noch nie einen Kamm aus der Nähe gesehen. An diesem Morgen jedoch stand es besonders wirr in alle Richtungen ab und seine Brillengläser waren beschlagen.

„Ja, sag mal, wie siehst du denn aus?", erkundigte sich Melody verwundert.

„Hab verschlafen", erklärte Roddy nur. Seine Eltern betrieben in Brodick eine Zoohandlung und waren ziemlich beschäftigt, sodass er sich morgens um sich selbst kümmern musste. „Hatte kaum noch Zeit fürs Frühstück."

„Hast du dir deswegen was davon mitgenommen?", fragte Melody und deutete auf die frischen Flecken auf seinem Schulpullover.

„Sehr witzig."

Sie traten in die Pedale und nahmen den Küstenweg nach Lamlash, wo sie beide die Arran Highschool besuchten. Über dem Meer war die Sonne bereits aufgegangen. Ein warmer Sommertag kündigte sich an, wie geschaffen für ein paar Stunden am Strand. Aber daraus würde wohl nichts werden, denn am Nachmittag musste Melody wie immer in der Pension mithelfen.

Am frühen Morgen kam Melody der Schulhof immer vor wie ein Waschbecken voller Wasser, aus dem man den Stöpsel gezogen hatte: Von überall her strömten die Schüler herbei, nur um murmelnd und gurgelnd in den Haupteingang gesogen zu werden. Auf den Gängen herrschte aufgeregtes Geschnatter; die Jungen neckten sich, die Mädchen tauschten den neuesten Tratsch aus – und ein Gerücht machte in Windeseile die Runde.

„Habt ihr's schon gehört?", rief Troy Gardner ihnen entgegen. „Ein Neuer ist an der Schule – und er kommt in unsere Klasse!"

„Oje, der arme Kerl!", raunte Roddy Melody zu. „Dann muss er sich erst mal Ashleys Mode-Check stellen. Und wehe, er fällt durch."

Dieser Einschätzung konnte Melody nur zustimmen.

Ashley war die unumstrittene Königin nicht nur ihrer Klasse, sondern der gesamten Schule. Und das nicht nur, weil ihrem Vater, dem Bauunternehmer Buford McLusky, die halbe Insel gehörte. Sondern auch, weil sie mit Abstand das hübscheste Mädchen der Schule war, mit langem blondem Haar und Beinen bis zum Hals. Die meisten anderen Mädchen wollten so sein wie sie. Die Jungen flatterten um sie herum wie Motten um das Licht, auch wenn sie sonst behaupteten, dass sie Mädchen total doof fänden.

Ashley hatte auch schon einen Freund: Maxwell Fraser, ein wahrer Schrank von einem Jungen. Er war zwei Jahre älter als Ashley und der gefeierte Stürmer der Fußballmannschaft der Arran High. Egal, was Ashley und Maxwell sagten, es war sozusagen Gesetz an der Schule. Und man tat gut daran, sich danach zu richten. Schüler, die das nicht taten, wurden bestenfalls wie Luft behandelt. Schlimmstenfalls wurden sie übel gemobbt, so wie früher Melody. Ashley und ihre Zicken-Clique hatten sie regelrecht terrorisiert und ihr alle möglichen bösen Streiche gespielt – bis Agravain aufgetaucht war … Wahrscheinlich würde es dem Neuen auch so gehen. Doch sobald dieser in Begleitung von Rektor

McIntosh das Klassenzimmer betrat, wusste Melody sofort, dass diese Gefahr nicht bestand.

Der Junge war gut einen Kopf größer als Melody, dabei sportlich und gut aussehend, mit braun gebrannter Haut und glattem schwarzem Haar, von dem ihm eine lose Tolle in das fein geschnittene Gesicht fiel. Seine blauen Augen waren schmal und ein hübsches Funkeln lag darin.

„Kinder, ich darf um Ruhe bitten!", verschaffte sich Mr McIntosh Gehör. „Ich möchte euch euren neuen Mitschüler Colin Lefay vorstellen. Er kommt aus Frankreich, aber er spricht unsere Sprache sehr gut, wie ihr feststellen werdet. Also nehmt ihn gut auf und sorgt dafür, dass er sich bei uns wohlfühlt."

Da schoss auf einmal Ashleys rechte Hand in die Höhe, dass ihre goldenen Armreife nur so klirrten.

„Ja, Ashley?", rief Mr McIntosh sie auf.

Ashley stand auf. Ihr geschminktes Gesicht verzog sich zu einem Lächeln. „Ich glaube, ich spreche für uns alle, wenn ich sage: Herzlich willkommen, Connor."

„Colin", verbesserte der Rektor.

„Connor oder Colin – ist doch egal." Ihr Mund verzog sich zu einem derart süßlichen Lächeln, dass sie davon eigentlich hätte Zahnschmerzen kriegen müssen. „Hauptsache, er kommt bei uns gut zurecht, nicht wahr?"

Wenn der Neue von dieser Begrüßung beeindruckt war, ließ er es sich nicht anmerken. Rektor McIntosh verwies ihn auf den freien Platz in der letzten Reihe. Dann kam auch schon Mr Freefiddle, der Biologielehrer, und der Unterricht begann.

Es war einer jener Vormittage, die sich besonders zäh dahinschleppten. Obwohl es kurz vor den großen Ferien war, zogen die Lehrer das volle Programm durch. Mr Walsh, der Mathelehrer, ließ es besonders krachen. Er brummte der Klasse Berge von Hausaufgaben auf. Alle waren froh, als der Unterricht zu Ende war. Müde schlurften Melody und Roddy zu ihren Fahrrädern.

„So eine Gemeinheit, aber echt", wetterte er. „Wo ich doch heute Nachmittag den nächsten Level von *Hack und Cash* erreichen wollte! Aber bei den vielen Hausaufgaben wird wohl nix draus."

„Na ja", meinte Melody, „jedenfalls hat unser neuer Mitschüler gleich den richtigen Eindruck von unserer Schule bekommen. Wie findest du ihn eigentlich?"

„Den Franzosen?"

„Colin", verbesserte Melody und nickte.

Roddy zuckte mit den Schultern, während er das Zahlenschloss seines Fahrrads öffnete. „Irgendwie komisch, der Typ", sagte er dann. „Hat den ganzen Tag über kaum was gesagt."

„Du würdest auch kein Wort rausbringen, wenn du ganz allein in einer neuen Klasse wärst", erwiderte

Melody. Aus irgendeinem Grund hatte sie das Gefühl, den fremden Jungen verteidigen zu müssen. „Ich fand ihn eigentlich ganz nett."

„Geschmackssache", knurrte Roddy und wuchtete sein Fahrrad aus dem Ständer.

„Kommst du noch mit?", fragte Melody.

„Wohin?"

„Zu Mr Clues Laden."

Roddy seufzte. „Du meinst, wie gestern? Und vorgestern? Und an all den andern Tagen zuvor?"

„Ich will nur nachsehen", beharrte Melody. „Irgendwann muss er doch mal wieder zurückkommen. Schließlich hat er versprochen, sich mit uns zu treffen, weißt du noch? Und jetzt ist er schon so lange verschwunden!"

„Drei Monate." Roddy nickte und gab sich geschlagen. „Also schön."

Sie stiegen auf ihre Räder und fuhren die Zufahrt zur Schule hinab.

Zu Clues Kuriositätenladen war es nicht weit; nur ein paar Straßenzüge trennten die Schule von dem Antiquitätengeschäft, in dem Melody immer für ihr Leben gern gestöbert hatte. Die meisten Menschen sahen in den alten Sachen, die Cassander Clue verkaufte, nur wertlosen Trödel. Für Melody waren es wahre Schätze, denn alte Dinge und Geschichten interessierten sie. In seinem Laden hatte sie auch den Ring gefunden, der sie zu Agravains Ei geführt hatte. Oder vielleicht war es ja auch umgekehrt gewesen: Vielleicht hatte der Ring *sie* gefunden ...

Als sie um die Hausecke bogen, hielt Melody gespannt den Atem an. Doch sie musste feststellen, dass der Laden noch immer geschlossen und die Schaufenster von innen zugeklebt waren. Und hinter der gläsernen Eingangstür hing noch immer das Schild mit der Aufschrift

AUF UNBESTIMMTE ZEIT VERREIST

„Na?", fragte Roddy, der sein Fahrrad ruckartig zum Stehen brachte. „Bist du jetzt zufrieden?"

Melody nickte, enttäuscht und traurig zugleich. „Ich frage mich nur, wohin er so plötzlich verschwunden ist. Und warum verreist er ausgerechnet an dem Abend, an dem er uns mehr über Greifen erzählen wollte?"

„So seltsam ist das nun auch wieder nicht." Roddy zuckte die Achseln. „Er war doch immer schon ein komischer Typ. Und wir haben mehrmals bei der Polizei nachgefragt – jedes Mal ohne Ergebnis."

Melody nickte: Auch das stimmte. Sie waren ein paarmal bei Officer Gilmore gewesen, einem befreundeten Polizisten. Doch der hatte ihnen immer nur erklärt, dass jeder Bürger ohne Ankündigung verreisen dürfe. Außerdem habe Cassander Clue seinen Laden in

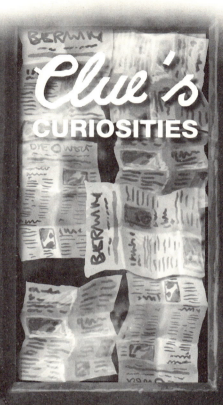

ordentlichem Zustand hinterlassen – nichts deute also auf ein Verbrechen hin. Dennoch ließ Melody die Sache keine Ruhe. Deshalb kam sie fast jeden Tag hierher.

„Guten Tag, Kinder."

Sie zuckten zusammen und fuhren herum.

Auf der anderen Straßenseite, im Schatten eines der Natursteinhäuser, stand ein Mann in einem schwarzen Nadelstreifenanzug. Sein langes Gesicht war glatt rasiert, sein kastanienbraunes Haar sauber gescheitelt. Auch sonst sah er aus wie ein Gentleman.

„Wisst ihr zufällig, wann der Besitzer dieses Ladens zurückkommt?", erkundigte er sich.

„Das wüssten wir selber gern", erwiderte Roddy vorlaut.

Melody bedachte ihn mit einem strafenden Blick.

„Warum interessiert Sie das?", fragte sie. „Kennen Sie Mr Clue etwa?"

„Oh, gewiss doch", versicherte der Mann im Anzug und lächelte. „Er ist ein alter Freund von mir."

„Ich habe Sie aber noch nie hier gesehen."

„Nun, Geschäftsfreund trifft es wohl besser", sagte der Mann und überquerte die Straße. Dabei griff er in die Innentasche seines Jacketts und zog ein Visitenkärtchen hervor, das er den Kindern hinhielt. Roddy nahm es entgegen.

„Malcolm Gant", las er vor. „Rechtsanwalt."

„Aus London", fügte Gant hinzu. „Ich habe schon oft Antiquitäten bei Mr Clue gekauft. Er ist ein Meister seines Fachs."

„Das ist er", pflichtete Melody bei. Obwohl sie Mr Gant noch nie gesehen hatte, kam er ihr seltsam bekannt vor.

„Kommt ihr öfter hier vorbei?", wollte Gant wissen.

„Fast jeden Tag", erwiderte Roddy, noch ehe Melody etwas anderes sagen konnte.

„Nun, dann könnt ihr mich ja vielleicht anrufen, wenn Mr Clue zurückkommt. Meine Handynummer findet ihr auf der Visitenkarte."

„Kein Problem", meinte Roddy achselzuckend.

„Sehr gut." Gant nickte ihnen freundlich zu, dann wandte er sich zum Gehen.

Melody wartete, bis er um die Hausecke verschwunden war. „Irgendwie komisch, der Typ", sagte sie dann.

„Wieso?", fragte Roddy und sah sie mit großen Augen an.

„Na ja, warum ruft er nicht einfach an, wenn er wissen will, ob Mr Clue in seinem Laden ist?"

„Vielleicht telefoniert er nicht gern", gab Roddy zu bedenken. „So wie du."

„Quatsch." Sie schüttelte den Kopf. „Deshalb macht doch niemand den weiten Weg von London hierher. Und überhaupt, wenn er Mr Clue so gut kennt, wie er sagt, warum wusste er dann nichts von seinen Reiseplänen? Das passt nicht zusammen."

„Ich weiß nicht. Wenn du mich fragst, fand ich den Typ ganz nett." Roddy warf einen Blick auf seine Uhr. „Und jetzt muss ich echt nach Hause – die nächste Runde von *Hack und Cash* wartet auf mich. Ich hab den Gangstern grade ein Auto gestohlen und bin auf dem Weg nach Las Vegas."

„Schön für dich." Melody verzog das Gesicht. „Wollen wir uns nicht mal wieder nachmittags treffen? So wie früher, wenn wir …"

„Logisch", meinte Roddy nur, während er schon halb auf seinem Fahrrad saß. „Schick mir 'ne Nachricht, okay?"

„Okay", seufzte Melody.

Die Schlangengrube

Den Rest des Nachmittags verbrachte Melody mit Mr Walshs Hausaufgaben und dem Bearbeiten neuer Buchungen für die Pension. Inzwischen gab es dafür einen Computer – das Geld aus dem Greifenschatz hatte auch dafür noch gereicht. Jetzt konnten die Leute endlich wie überall ihre Übernachtungen übers Internet reservieren.

„Mein liebes Kind!", meinte Granny, während sie kopfschüttelnd auf den Flachbildschirm blickte. Sie hatte ganz rote Wangen. „Wie kannst du dich nur zurechtfinden in dem ganzen Durcheinander?"

„Aber Omi, da ist doch nichts dabei", erwiderte Melody lächelnd und rief die letzten Einträge ab. „Ist das nicht toll? Nächste Woche haben wir acht neue Gäste", gab sie bekannt.

Granny Faye schlug die Hand vor den Mund. „Aber das ... das bedeutet ja, dass wir ausgebucht sind!", stellte sie aufgeregt fest. „Zum ersten Mal nach so vielen Jahren ... Mein Kind, du machst mich glücklich!"

„Ich mach doch gar nichts", versicherte Melody. „Das macht alles das Internet. Lass uns mal zusammenrechnen, wie viel wir eingenommen haben. Also, zusammen mit den Buchungen von letzter Woche haben wir ..." Sie stutzte plötzlich.

„Was ist?", fragte Granny Fay. „Was hast du?"

„Da ist noch eine weitere Anmeldung", stellte Melody fest.

„Ja, ein allein reisender Gentleman, ein gewisser Mr Gant aus London", sagte Granny Fay. „Er kam gestern vorbei und fragte, ob noch etwas frei wäre. Ich habe ihm die Nummer 21 gegeben, das Einzelzimmer zur Seeseite ... Stimmt etwas nicht?"

„Nein, nein, alles in Ordnung", versicherte Melody, während sie sich gleichzeitig fragte, ob das Auftauchen Gants im Stone Inn ein Zufall war. Oder sah sie jetzt schon Gespenster? Agravain hatte sie gewarnt ...

Sie verdrängte den Gedanken, aber als sie später im Bett lag, hielt sie es nicht mehr aus. Sie griff zum Handy und rief Roddy an. Früher hatten sie einander abends oft noch gegenseitig besucht. Seit sie sich Handys leisten konnten, telefonierten sie nur noch oder schrieben sich kurze Nachrichten. „Was gibt's?", meldete Roddy sich. Er klang mürrisch. Vermutlich spielte er wieder an der Konsole und kam nicht weiter.

„Der Typ bei Mr Clues Laden", sagte Melody nur.

„Was ist mit ihm?"

„Er wohnt hier bei uns im Stone Inn."

„Echt jetzt?" Roddy klang geistesabwesend. Vermutlich spielte er weiter, während er telefonierte.

„Hm", machte Melody.

„Toller Zufall. Und jetzt?"

„Na ja", druckste sie herum. „Ich habe mich gefragt … Ich meine, hältst du es für möglich, dass …?"

„Was?", hakte Roddy ungeduldig nach.

„Nichts", erwiderte sie. „Es kam mir nur einfach seltsam vor."

„Auf dieser Insel passieren viele seltsame Dinge. Das weißt du besser als jeder andere", meinte Roddy. „War's das? Ich will nämlich weiterspielen."

„Klar", seufzte Melody. „Wenn's sein muss."

„Unbedingt. Ich hab grade ein neues Auto geklaut und bin kurz vor Las Vegas. Dann ist der Level komplett und ich verdiene hunderttausend Dollar."

„Wow!", sagte Melody nur. „Machen wir mal wieder was zusammen?"

„Zum Beispiel?"

„Na ja. Mal ins Kino oder so."

„Na klar", meinte Roddy mit einer Stimme, die verriet, dass er schon wieder auf den Bildschirm starrte.

„Dann bis morgen", erwiderte Melody – und beendete das Gespräch. Traurig legte sie das Handy auf das Nachtkästchen zurück.

Allein, dachte sie.

Sie fühlte sich schrecklich allein.

Roddy und sie waren noch immer Freunde, dafür hatten sie zu viel zusammen durchgemacht. Aber wenn sie miteinander redeten, war es nicht mehr wie früher. Da hatte Roddy seine Nase mindestens ebenso gern in Bücher gesteckt wie Melody. Sie waren zusammen ins Kino gegangen und hatten alte Fernsehserien aus den Achtzigern geguckt. Aber inzwischen zockte er lieber am Computer, als seine Zeit mit ihr zu verbringen.

Melody war ihm nicht böse, aber enttäuscht war sie schon. Früher hätte Roddy sie wenigstens gefragt, ob sie nicht vorbeikommen und mitspielen wollte. Und obwohl sie sich nichts aus Ballerspielen machte, hätte sie wahrscheinlich Ja gesagt, nur damit sie zusammen waren und gemeinsam Spaß haben konnten.

Und Agravain war auch nicht da. Mit diesem traurigen Gefühl fiel Melody in einen unruhigen Schlaf.

Im Traum fand sie sich irgendwo im Hochland von Arran wieder, unterhalb der schroffen Berge. Graue Wolken ballten sich über ihr zusammen und es donnerte. Ein Gewitter stand bevor, und der Wind, der von der See landeinwärts strich, roch nach Salz und Fisch. Plötzlich verlor Melody den Boden unter den Füßen.

Sie warf die Arme hoch und versuchte vergeblich, sich festzuhalten. Eine Fallgrube hatte sich unter ihr aufgetan! Sie stürzte in die Tiefe – und landete in einer Höhle, deren Boden, Decke und Wände sich zu bewegen schienen.

Schlangen!, schoss es Melody durch den Kopf.

Überall um sie herum schlängelten sich geschuppte Körper, zischend und züngelnd. Schon hatten sich mehrere von ihnen um ihre Arme und Beine gewunden. Ihr war, als würde sie jeden Moment unter den zuckenden Leibern begraben. Ein spitzer Verzweiflungsschrei drang aus Melodys Kehle – und sie fuhr schweißgebadet aus dem Schlaf.

Mit pochendem Herzen saß sie kerzengrade im Bett und beruhigte sich erst, als sie merkte, dass sie daheim in ihrem Zimmer war.

Wie viel Zeit mochte vergangen sein, seit sie eingeschlafen war? Melody warf einen Blick auf den Wecker – und erstarrte: Der Ring mit dem Greifensymbol, der daneben auf ihrem Nachtkästchen lag, leuchtete. So blau und intensiv, als hätte er nie etwas anderes getan.

Fahrerflucht

„Echt jetzt? Er hat wieder geleuchtet?"

Staunend blickte Roddy auf den Ring an Melodys Zeigefinger, der jetzt wieder ganz normal und unscheinbar aussah. Mal abgesehen von der Klaue, die in den blauen Stein eingraviert war.

„Wenn ich's dir doch sage", bekräftigte Melody.

„Und was ist dann passiert?", fragte Roddy, während sie auf ihren Fahrrädern nebeneinanderher fuhren, über die alte Küstenstraße in Richtung Schule. Der Wind hatte über Nacht aufgefrischt und trieb rauschende Wellen an die Küstenfelsen; der Himmel war bedeckt.

„Gar nichts ist passiert", antwortete Melody. „Der Stein leuchtete auf und dann erlosch er wieder. Ich habe keine Ahnung, was das zu bedeuten hat."

„Vielleicht ist Agravain in der Nähe."

„Dann würde er doch mit mir reden", wandte Melody kopfschüttelnd ein. „Es muss was anderes sein. Etwas, was ..."

„Sieh mal! Da vorn!"

Roddys Ruf ließ sie verstummen.

Vor ihnen, ein Stück weit die Uferstraße hinab, lag ein Fahrrad auf der Straße. Und es war ziemlich übel zugerichtet, so als wäre ein Auto darübergefahren.

„Los", meinte Melody und trat schon wieder in die Pedale, „das sehen wir uns an!"

Schon kurz darauf erreichten sie die Stelle. Das Fahrrad hatte es wirklich böse erwischt, aber von seinem Besitzer war weit und breit nichts zu sehen.

„Wahrscheinlich ist er oder sie zu Fuß weitergegangen", vermutete Roddy. Er war abgestiegen und nahm das Fahrrad näher in Augenschein. „Das Ding ist jedenfalls hin, das steht schon mal fest. Die Räder könnte man austauschen, aber der Rahmen ist total verzogen. Ich ..."

„Hilfe!", rief plötzlich jemand.

„Was war das?" Melody horchte auf.

„Hilfe!"

„Das kommt von da unten, glaube ich", stellte Roddy fest und deutete zur Seeseite der Straße.

Jetzt stieg auch Melody vom Rad. Gemeinsam eilten sie zur Böschung, die jenseits der Straße steil abfiel. Tatsächlich: Da unten lag jemand!

Melody erschrak so, dass sie erst ein paar Sekunden später erkannte, wer der Junge auf den Felsen war. Es war Colin, ihr neuer Mitschüler! Seine Jeans waren zerrissen, Blut klebte an seiner Stirn.

„*Aidez-moi* ... Hilfe!", rief er zu ihnen herauf und streckte ihnen die Hände entgegen.

Melody und Roddy brauchten nicht lange zu überlegen. Schon kletterten sie die steile Böschung hinab zu dem Felsen, auf dem der Junge lag. Die Blutung an seiner Stirn hatte bereits nachgelassen, aber unter seiner Sonnenbräune war er kreidebleich im Gesicht.

„Bleib liegen", befahl Melody, als er versuchte, sich weiter aufzurichten. „Du hast vielleicht eine Gehirnerschütterung."

„Mann, wie ist das denn passiert?", fragte Roddy.

„Ein Auto", erwiderte Colin, der tatsächlich gut Englisch sprach, wenn auch mit französischem Akzent. „Es kam von hinten, genau auf mich zu. Ich konnte gerade noch abspringen, dann hat es auch schon mein Fahrrad erwischt."

„Und einen Haufen Schrott daraus gemacht", ergänzte Roddy. „Reparieren kannst du knicken."

„*Mince alors* – verflixt noch mal!", schimpfte der Junge. „Es war nagelneu."

„Ist doch egal", meinte Melody, die bei ihm niedergekniet war. „Lieber dein Fahrrad als du, oder?"

„*Oui*, das ist wahr." Er lächelte und sie lächelte zurück.

„Und der Autofahrer?", fragte Roddy. „Ist er nicht stehen geblieben?"

„*Non*." Colin schüttelte den Kopf. „Der ist einfach weitergefahren.

„Das ist Fahrerflucht!", empörte sich Melody. „Zuerst fährt dich der Typ fast über den Haufen. Und dann sieht er noch nicht mal nach, ob du dich verletzt hast?"

„Genauso war's", bestätigte Colin.

„Das müssen wir der Polizei melden, unbedingt!"

„Nein", wehrte der Junge ab. Eine verlegene Röte überzog sein bleiches Gesicht. „Lieber nicht."

„Wieso nicht? Typen wie der gehören aus dem Verkehr gezogen!"

„Weil ich eigentlich gar nicht hier sein dürfte", sagte Colin ein wenig beschämt. „Meine Mutter und ich wohnen drüben in Lamlash, gar nicht weit von der Schule."

„Ach ja? Und was machst du dann hier?", fragte Roddy.

„Ich wollte den Sonnenaufgang fotografieren", gestand Colin.

Erst jetzt bemerkte Melody, dass er einen Fotoapparat um den Hals hängen hatte. Glücklicherweise hatte der bei dem Sturz über die Böschung keinen Schaden genommen.

„Du fotografierst?"

„*Oui.*" Er nickte. „Aber meine Mutter hält nichts davon. Sie will, dass ich mal Arzt werde. Oder Rechtsanwalt. Deshalb darf sie auch nicht wissen, dass ich hier gewesen bin."

„Und wie willst ihr du das erklären?" Melody deutete auf seine blutverschmierte Stirn.

„Ein Sturz vom Fahrrad." Colin lächelte gequält. „Ist zumindest nicht gelogen. Ihr beide werdet mich doch nicht verraten, oder?"

Sein Blick war so flehend, dass die beiden nicht anders konnten, als zuzustimmen.

„Keine Sorge", versicherte Melody, „dein Geheimnis ist bei uns gut aufgehoben. Aber jetzt bringen wir dich erst mal ins Krankenhaus."

„Bloß das nicht!" Jetzt war Colins Blick nicht nur flehend, sondern auch ängstlich.

„Aber du bist verletzt."

„Es geht mir gut", versicherte er.

Melody dachte an das, was sie dieses Frühjahr im Erste-Hilfe-Kurs gelernt hatte. „Kopfschmerzen?", fragte sie streng. „Schwindelgefühl oder Übelkeit?"

„Nichts davon", versicherte er.

„Also schön. Dann nehmen wir dich mit zur Schule. Du kannst dich auf meinen Gepäckträger setzen."

„*Merci*, das ist sehr nett von dir ... Melody, nicht wahr?"

„Stimmt." Sie nickte, angenehm überrascht, dass er sich auf Anhieb ihren Namen gemerkt hatte. Obwohl sich Ashley McLusky an diesem Morgen große Mühe gegeben hatte, alle Aufmerksamkeit auf sich zu ziehen.

Vorsichtig halfen sie ihm auf die Beine und stiegen dann die Böschung hinauf, zurück zur Straße.

„Bin ich froh, dass ihr gekommen seid!", versicherte Colin.

„Wie lange hast du da schon gelegen?", wollte Roddy wissen.

„Ich weiß nicht – zehn oder zwanzig Minuten."

„Was nun? Zehn oder zwanzig?"

„Warum ist das wichtig?", wollte Melody wissen.

„Nur so", versicherte Roddy achselzuckend. „Ich wundere mich bloß, weil ich kein Auto gehört habe."

„Willst du sagen, ich hätte mir das alles bloß ausgedacht?", fragte Colin zähneknirschend, als sie die letzte Steigung überwanden. „Oder geträumt?"

„Nein, Mann", versicherte Roddy. „Ich dachte nur ..."

Um einen Streit abzuwenden, wechselte Melody rasch das Thema: „Rektor McIntosh hatte Recht, du kannst wirklich gut Englisch."

„Ich bin mit beiden Sprachen aufgewachsen", erklärte Colin. „Mein Vater war Franzose, meine Mutter ist Engländerin."

„War?", hakte Melody nach.

„Er … ist tot", erwiderte Colin nach kurzem Zögern. Es schien ihm nicht leichtzufallen, diese Worte auszusprechen. „Ein Unfall."

„Verstehe", sagte Melody. Er konnte ja nicht wissen, dass sie ihn womöglich besser verstand als jeder andere.

Das Gefühl der Einsamkeit, das sie am Abend zuvor verspürt hatte, war plötzlich wie weggeblasen. Colin schien ein netter Typ zu sein. Und wie es aussah, hatten er und sie ein paar Dinge gemeinsam. Deshalb erwiderte sie aufmunternd sein Lächeln, als er vorsichtig vom Gepäckträger abstieg.

Nur einer lächelte nicht.

Roddy.

Ein ungebetener Gast

Am Nachmittag regnete es. Eigentlich war Regen in Schottland nichts Ungewöhnliches. Die Menschen lebten damit, auch im Sommer, er gehörte zu dieser Landschaft wie das Karomuster und der Dudelsack. Aber an diesem Dienstag war es so, als drückten die dunklen Wolken über der Bucht von Brodick wie Bleigewichte auf Melodys Gemüt.

Als sie von der Schule mit dem Fahrrad nach Hause fuhr, frierend, mit feuchten Kleidern und tropfnassem Haar, hatte sie ein Gefühl von drohendem Unheil. Warum, hätte sie nicht zu sagen gewusst. Aber ihr Gefühl sollte Recht behalten.

Als sie ihr Fahrrad in die Garage schob, fiel ihr als Erstes der große schwarze Hummer auf dem Vorplatz des Stone Inn auf – ein Monster von einem Geländewagen. Die anderen Autos, die dort parkten, darunter auch Granny Fays alter gelber VW-Käfer, sahen im Vergleich dazu wie Spielzeuge aus. Wer in aller Welt kaufte sich so ein Riesending?, fragte sich Melody, während sie die Stufen zur Eingangstür hinaufstieg. Die Antwort bekam sie noch in der Lobby, denn dort traf sie auf niemand anders als Malcolm Gant.

Der Anwalt aus London stand am Tresen und ließ sich von Granny Fay etwas auf einer Landkarte zeigen, die auf der Theke ausgebreitet war.

„Hallo, Kind", grüßte Granny und lächelte ihr fröhlich zu. „Da bist du ja! Wie war's in der Schule?"

„Geht so", sagte Melody nur. Dabei konnte sie den Blick nicht von Malcolm Gant wenden. Dieser Mann bereitete ihr Unbehagen.

„Nanu", meinte Gant und hob staunend die Augenbrauen, „wir beide kennen uns doch? Natürlich: Das Mädchen aus Lamlash …"

„Du … du kennst Mr Gant?" Granny Fay blickte staunend über den Rand ihrer Lesebrille.

„Nicht wirklich", wehrte Melody ab. „Wir sind uns nur schon mal begegnet."

„Gestern. Beim Laden des alten Cassander Clue", fügte Gant erklärend hinzu. Sein Haar und sein Anzug waren wieder perfekt, genau wie sein Lächeln. „Ich muss schon sagen, Mrs Campbell, Sie haben eine überaus hilfsbereite Tochter."

„Enkelin", verbesserte Granny Fay und wurde rot, während Melody nur die Augen verdrehte. Dieser Gant war ein Schleimer ersten Grades, das stand schon mal fest. Was er sonst noch im Schilde führte, war Melody jedoch ein Rätsel …

„Haben Sie vor, länger auf unserer Insel zu bleiben?" Melody bemühte sich, bei diesen Worten ebenfalls zu lächeln, damit Granny Fay keinen Verdacht schöpfte.

„Bedauerlicherweise nur ein paar Tage", sagte Gant. „Sobald meine Geschäfte erledigt sind, reise ich ab."

„Was sind das denn für Geschäfte?", fragte Melody und erntete sofort einen strafenden Blick von Granny Fay.

„Meine Kanzlei vertritt diverse Mandanten auf der Insel", erwiderte Gant. „Mr Clue ist einer von ihnen."

„Ich dachte, Sie wollten Antiquitäten bei ihm kaufen?"

„Das eine schließt das andere doch nicht aus, oder?"

Melody versuchte vergeblich, in der glatten Miene des Mannes zu lesen. „Natürlich nicht", sagte sie kleinlaut.

„Gut", meinte Gant und lachte ölig. „Ist das Verhör damit beendet?"

Granny Fay wurde nur noch röter. „Bitte entschuldigen Sie, Sir", sagte sie. „Ich weiß wirklich nicht, was heute in meine Enkelin gefahren ist. Sie ist sonst so ein liebes Mädchen."

„Das glaube ich Ihnen aufs Wort", erwiderte Gant

und nickte Melody onkelhaft zu. Fehlte nur noch, dass er in die Tasche griff und ihr Geld für ein Eis gab …

„Und nun muss ich weiter, meine Mandanten warten", fuhr er fort. „Ich danke Ihnen für die Auskunft."

„Aber ich bitte Sie, das war doch nicht der Rede wert", sagte Granny Fay und faltete die Karte wieder zusammen, während Grant sich mit höflichem Nicken empfahl.

Kurz darauf war von draußen das Röhren des davonfahrenden Geländewagens zu hören.

„Aber Melody", empörte sich Granny Fay und schüttelte fassungslos den Kopf, „was war das denn eben? Was bitte schön ist denn in dich gefahren?"

„Weiß auch nicht." Melody zuckte mit den Schultern und blickte zu Boden. Sie hat ihre Schultasche noch umhängen. Vor lauter Aufregung hatte sie vergessen, sie abzulegen. „Der Kerl gefällt mir nur nicht, das ist alles."

„Und deshalb fragst du ihn aus, als ob er ein Verbrecher wäre?" Granny Fay blickte ungewohnt streng.

„Man weiß ja nie", meinte Melody ein wenig hilflos.

„Unsinn, Kind! Mr Gant ist durch und durch Gentleman, daran gibt es nicht den geringsten Zweifel. Aber ich glaube, ich weiß, was dir Sorgen macht."

„Wirklich?" Fast ein bisschen erschrocken blickte Melody auf. Hatte Granny Fay etwa Verdacht geschöpft? Wusste sie von Agravain?

„All das hier", sagte ihre Großmutter und machte

eine ausholende Handbewegung, „wird dir einfach zu viel. Und das kann ich gut verstehen. Während die anderen Mädchen aus deiner Klasse ihre Freizeit am Strand verbringen, musst du jeden Tag deiner alten Großmutter in der Pension helfen. Das ist einfach nicht gerecht."

„Aber nein, Granny", wandte Melody ein. „Das ist völlig okay!"

„Mir ist klar, dass das kein Leben für ein junges Mädchen in deinem Alter ist", fuhr ihre Großmutter unbeirrt fort. „Deshalb habe ich beschlossen, jemanden einzustellen, die mir in der Pension zur Hand geht. Jetzt, da wir ausgebucht sind, können wir uns das durchaus leisten."

„Aber nein, das musst du nicht!"

„Doch, doch, doch", beharrte Granny Fay. Alle Strenge war mit einem Schlag verflogen. „Du musst auch Spaß haben, dich mit Freunden treffen und so. Das ist wichtig, ob du es nun glaubst oder nicht."

Freunde, dachte Melody traurig. Der eine verkroch sich in seinem Zimmer und tat den ganzen Tag nichts anderes als zu zocken.

Der andere war Hals über Kopf davongeflogen und ließ sich nicht mehr blicken.

Sie ahnte nicht, dass in der Zwischenzeit ein anderes Wesen seine Schwingen über sie gebreitet hatte.

Und es war kein Greif.

Zickenkrieg

Das Mittagessen war ungenießbar. Es gab Pastete und niemand hätte beim besten Willen sagen können, womit Mrs Pewter, die Schulköchin, das steinharte Ding gefüllt hatte. Lustlos stocherte Melody auf ihrem Teller herum und schob ihn dann beiseite. Sie begnügte sich damit, ihre Milch zu trinken.

Wie immer saß sie an dem kleinen Tisch ganz am Rand des Speisesaals, weit außerhalb des Blickfelds von Ashley McLusky und ihrer Clique. Die Sache mit dem Spaghettiteller, den Ashley über ihrem Kopf ausgeleert hatte, verfolgte sie noch immer.

„Ist hier noch frei?"

Melody blickte auf – und verschluckte sich fast an ihrer Milch, als sie sah, dass es Colin war.

„K-klar", stammelte sie und deutete auf den Stuhl

gegenüber. Roddy musste dem Biologielehrer noch dabei helfen, das große Skelett zurück in den Lehrmittelraum zu tragen. Der Stuhl war also frei.

„*Merci*", sagte Colin lächelnd und setzte sich. Er sah schon sehr viel besser aus. Nur ein kleines Pflaster auf der Stirn zeugte von seinem Unfall.

„Wie geht's dir?", fragte Melody.

„*Bien* – und das habe ich dir zu verdanken."

„Och, das war doch nichts." Sie wurde ein bisschen rot. „Und dein Fahrrad?"

Sein Lächeln wurde zu einem Grinsen, während er sich der Pastete zuwandte. „Das bezahlt die Versicherung", erklärte er. „Ich krieg sogar ein neues."

„Das ist ja wunderbar", sagte Melody. „Nur schade, dass du den Typ, der dich angefahren hat, nicht anzeigen willst. Der hätte es echt verdient, wenn er ..." Sie verstummte, als Colins Gesicht sich plötzlich verzerrte. Seine Haut wurde bleich, sein Blick starr. „Was ... was hast du?", fragte sie erschrocken.

„Was ist das?", brachte er würgend hervor. Dabei blickte er entgeistert auf den Teller, von dem er soeben gekostet hatte.

„Mrs Pewters Pastete", antwortete Melody achselzuckend. „Warum?"

„Das ... das ist ja grässlich!", ereiferte sich Colin und stürzte eine halbe Flasche Cola hinunter, so als müsste er den Geschmack der Pastete herunterspülen.

Melody musste lachen. „Willkommen an der Arran High. Du bist nicht mehr in Frankreich."

„Offensichtlich", stöhnte Colin und schüttete den Rest der Cola hinterher. Daraufhin musste er rülpsen, was ihm sichtlich peinlich war. Melody lachte nur noch mehr.

„Du bist lustig, weißt du das?"

„Du auch", versicherte er. „Obwohl, neulich ... Darf ich dich etwas fragen?"

„Klar, schieß los."

„Als ich dir neulich erzählte, dass mein Vater gestorben ist, da hast du mich ganz seltsam angesehen ..."

Melody horchte auf. „Das ist dir aufgefallen?"

„*Oui* ... ich meine ja."

Melody presste die Lippen zusammen. Sie wusste nicht, wie sie das finden sollte. Nicht, dass sie Colin böse gewesen wäre, aber seine Frage traf sie unvorbereitet. Eigentlich sprach sie nie über ihre Eltern. Nur früher mit Roddy ... „Du hast Recht", sagte sie, ehe sie es sich anders überlegen konnte. „Das war, weil ... weil ich keine Eltern mehr habe."

„Das tut mir leid. Ehrlich."

„Sie starben beide, als ich noch ganz klein war. Ein Fährunglück vor der Küste ..."

„Daran erinnert das Denkmal unten am Hafen, nicht?"

Sie nickte wieder und musste plötzlich mit den Tränen kämpfen. „Weißt du", sagte sie leise, „manchmal glaube ich, dass ..."

„Hey, Campbell!", fiel ihr jemand rüde ins Wort.

Ashley.

Wer sonst?

Ganz langsam hob Melody den Blick.

„Sag mal, hast du etwa geflennt?", fragte Ashley. „Deine Augen sind ganz rot."

„Ach, das ist nur wegen ..." Colin sah Melody fragend an. „Wie sagt man doch gleich bei euch?"

„Heuschnupfen", sagte sie.

„Ach ja?" Ashley zog missbilligend die Nase kraus. „Ist ja wahnsinnig interessant, Campbell."

„Schön, wenn's dir gefällt." Melody grinste gequält.

„Hör mal", wandte sich Ashley nun an Colin, „mein Freund Maxwell würde dich gern treffen. Er ist Kapitän unserer Schulmannschaft und möchte dich aufnehmen. Du bist doch ziemlich gut in Fußball, oder?"

„Na ja, ich ... ich glaube schon", erwiderte Colin. „Aber eigentlich wollte ich gerade mit Melody ..."

„Das kannst du später auch noch", meinte Ashley, packte ihn am Arm und zog ihn fort. Colin blieb gerade noch Zeit, um aufzuspringen, sonst wäre er vom Stuhl gefallen.

„Aber ...", wollte Melody noch einwenden – da waren die beiden auch schon in dem Getümmel der Mensa verschwunden. Aus dem in diesem Moment Roddy auftauchte, ein Tablett auf dem Arm.

„Aber hallo, wie siehst du denn aus?", fragte er Melody verwundert.

„Wieso? Wie seh ich denn aus?"

„Wie jemand, dem ein Gespenst über den Weg gelaufen ist."

„So komm ich mir auch vor", brummte Melody, während Roddy sich setzte und begann, das Essen in sich hineinzuschaufeln. Auf seinem Teller lagen gleich zwei Pasteten.

„Wiefo?", fragte er mit vollem Mund – ihm schien es im Gegensatz zu Colin ganz ausgezeichnet zu schmecken. „Waf ift paffiert?"

„Ashley", sagte Melody nur. „Colin hatte sich zu mir gesetzt und wir haben geredet. Und da ist sie einfach gekommen und hat ihn weggezerrt."

„Und daf ärgert dich", stellte Roddy fest.

„Blödsinn", wehrte Melody ab, obwohl sie tatsächlich wütend war. Ziemlich sogar. Aber irgendwie wollte sie das Roddy gegenüber nicht zugeben. „Wieso sollte mich das ärgern? Ich hab nur nicht damit gerechnet, das ist alles."

„Aber du bist sauer", beharrte Roddy zwischen zwei Bissen Pastete.

„Nein, bin ich nicht", erwiderte sie gereizt. „Was soll das? Fängst du jetzt auch noch an, mich zu nerven? Als ob dieser schmierige Mr Gant noch nicht genug wäre."

„Wiefo? Waf ift mit ihm?"

„Ich hab dir doch erzählt, dass er sich bei uns im Stone Inn eingemietet hat."

„Mundf?"

„Ich weiß nicht", schüttelte Melody den Kopf. „Der Kerl gefällt mir nicht. Irgendwas führt der im Schilde."

Roddy schluckte den Bissen runter, seine Augen weiteten sich hinter den dicken Brillengläsern. „Du meinst, er gehört zu ... zu ...?"

„Pssst!" Melody machte ihm ein Zeichen zu schweigen. In der Schule hatten die Wände Ohren. Da musste man höllisch aufpassen, was man sagte. „Ich will es nicht hoffen", erwidert sie dann, „aber ich muss auf der Hut sein. Irgendwas stimmt nicht mit dem Kerl. Du hättest hören sollen, wie er meine arme Granny eingewickelt hat. Auf der Schleimspur, die dieser Typ hinter sich herzieht, könnte man glatt ausrutschen."

„Nette Vorstellung." Roddy grinste.

„Ich will heute Nachmittag in den Wald rausfahren", kündigte Melody an. „Bist du dabei?"

„Wegen Agrav...", begann Roddy, um sich gleich zu verbessern. „Wegen *ihm*?"

Melody nickte. „Vielleicht ist er ja da."

„Die letzten geschätzten einhundert Male war er's nicht."

„Ich weiß. Aber irgendwas muss ich tun", beharrte Melody. „Ich habe das Gefühl, dass er Hilfe braucht. Vielleicht hat der Ring ja deswegen geleuchtet."

„Na ja, ich weiß nicht recht", begann Roddy gedehnt. „Ich glaube kaum, dass das was bringt. Außerdem ist für den Nachmittag wieder Regen angesagt. Da werden wir doch bloß nass und holen uns einen Schnupfen."

„Und? Seit wann lässt du dich davon abhalten?"

„Und außerdem", fuhr der Junge fort, „weißt du, mal ganz ehrlich ..."

„Was?", wollte Melody wissen.

„Vielleicht hast du die Sache mit dem Leuchten ja auch nur geträumt", rückte Roddy heraus. „Du hast doch selbst gesagt, dass du eingeschlafen bist."

„Ja, aber dann bin ich aufgewacht, und der Stein hat geleuchtet, so wahr ich hier vor dir sitze. Sag bloß, du glaubst mir nicht."

„Doch", beteuerte Roddy, „ich glaube dir. Ich frag mich nur, ob wir nicht langsam zu alt dafür sind, am Nachmittag mit dem Fahrrad im Wald rumzugurken."

„Willst du lieber zu Hause vor deiner Konsole rumhocken?", fragte Melody gereizt. „Du kannst es ruhig sagen, ist schon okay."

Roddys zögerte nur kurz. „Nein", sagte er dann. „Ich begleite dich. Ist doch klar."

Ein heimlicher Beobachter

Hier im Wald hatte ihr großes Abenteuer stattgefunden. Hier hatten sie die Grenze zur Anderwelt überschritten, in der die Fabelwesen Wirklichkeit waren; hier waren sie den Agenten des Drachenordens begegnet und hier hatten sie den Greifenschatz gefunden.

Damals, in jener Nacht vor drei langen Monaten, hatte hier eine stolze Burg Melody und Roddy Zuflucht vor ihren Verfolgern geboten. Greifenzauber hatte diese Erscheinung bewirkt. Dieselbe Magie hatte auch Melodys Ring zum Leuchten gebracht. Doch an diesem Nachmittag war nichts davon zu spüren.

Der Wetterbericht hatte Recht behalten: Es goss in Strömen. Das Blattwerk hielt zwar das Gröbste ab, aber dennoch war es klamm und feucht. Dunst lag über dem hellgrünen Moos.

Ihre Fahrräder hatten sie am Rand der Lichtung zurückgelassen. Während Roddy auf einem abgestorbenen Baum hockte und auf seinem Handy spielte, trat Melody auf die Lichtung. Trotz des Regens schlug sie die Kapuze ihrer Regenjacke zurück, um besser hören zu können.

Das Rauschen des Windes.

Das Plätschern des Regens.

Aber kein Zeichen von Agravain.

Statt seinen Namen laut hinauszurufen, *dachte* sie ihn nur, schickte ihn hinaus in den Dunst und die grauen Wolken. Doch sosehr sie sich auch konzentrierte, sie bekam keine Antwort. Melody fühlte ihre Hoffnung schwinden. Angst ergriff sie. Vielleicht war das der Grund, weshalb sie Roddy gebeten hatte, sie zu begleiten. „Ob ihm wohl etwas zugestoßen ist?", fragte sie halblaut.

„Hm?" Roddy konnte den Blick nicht vom Display seines Handys wenden.

„Ich frage mich, ob ihm etwas zugestoßen ist", wiederholte Melody. „Er spricht nicht mehr mit mir und ich kann seine Anwesenheit auch nicht mehr fühlen."

Widerwillig ließ Roddy das Gerät sinken. „Vielleicht ist er woandershin geflogen. Oder vor den Typen in den schwarzen Mänteln geflüchtet."

„Niemals", wehrte Melody ab. „Er hat gesagt, dass er in der Nähe bleiben und über uns wachen wird."

„Vielleicht wurde er von etwas aufgehalten."

„Oder von jemandem", sprach Melody zum ersten Mal laut aus, was sie insgeheim schon die ganze Zeit über befürchtete.

„Du meinst …?"

Melody nickte. „Die Typen, die uns damals verfolgt haben, gehörten einem Geheimbund an, dem Orden der Drachen. Agravain sagte, dass sie ihn einfangen wollten – vielleicht ist es ihnen inzwischen ja gelungen."

„Kann ich mir nicht vorstellen", wandte Roddy ein. „Dazu ist er viel zu schlau."

„Meinst du?" Melody lächelte schwach. Roddys Worte trösteten sie ein wenig. „Ich weiß nicht mehr, was ich denken soll. In letzter Zeit passieren so seltsame Dinge."

„Zum Beispiel?"

„Na ja, nimm doch nur mal Mr Clue – wenn er tatsächlich nur verreist ist, warum ist er dann nicht längst wieder zurückgekehrt? Und warum hat sich Agravain nicht mehr gemeldet? Und dann dieser schleimige Mr Gant …"

Roddy musste grinsen. „Den kannst du echt nicht leiden, was?", fragte er. „Dabei fand ich ihn gar nicht so übel. Aber du hast ja neuerdings einen komischen Geschmack, was Leute betrifft. Wenn ich an den Franzosen denke …"

„Colin?" Melody, die noch immer auf der Lichtung

im Regen stand, hob die Brauen. „Was hat der denn damit zu tun?"

„Den finde *ich* seltsam", meinte Roddy.

„Warum denn?"

„Na ja, die Sache mit dem Fahrradunfall – kam dir die nicht auch irgendwie komisch vor? Eine Fahrerflucht, aber weit und breit kein Auto?"

„Warum sollte Colin uns belügen?", fragte Melody. „Das ergibt doch keinen Sinn!"

„Nein", gab Roddy zu und wandte sich wieder seinem Spiel zu. „Wahrscheinlich nicht."

„Sag mal", sagte Melody leise, „bist du etwa eifersüchtig?"

„Quatsch." Roddy blickte noch nicht einmal auf. Aber sie kannte ihn lange genug, um zu wissen, was seine zusammengekniffenen Lippen und die krausgezogene Nase zu bedeuten hatten.

Melody musste lächeln.

„Hör mal." Sie verließ die Lichtung und trat wieder in den Schutz der Bäume. „Colin ist nur ein Mitschüler, in Ordnung? Ich finde ihn nett, okay? Aber das ändert nichts daran, dass du der beste Freund bist, den ich habe."

Roddy blickte auf. „Ehrlich?"

„Na hör mal! Was glaubst du, warum du hier bist? Wir beide teilen das wichtigste Geheimnis in meinem Leben!"

Er sah sie schweigend an. Ihre Worte schienen ihn zu freuen, so sehr, dass er sogar das Handy für einen Moment vergaß. „Okay", meinte er und lächelte.

„Okay", erwiderte Melody und lächelte zurück.

Dann gingen sie zurück zu ihren Fahrrädern.

Die dunkle Gestalt, die die beiden heimlich belauscht hatte, verharrte unbeweglich im Schatten der Bäume. Erst als die Kinder fort waren, trat sie auf die Lichtung.

Ein Einbruch ... oder?

Der nächste Vormittag brachte keine großen Ereignisse – mal abgesehen davon, dass Ashley Colin wieder total in Beschlag nahm und so verhinderte, dass Melody auch nur ein einziges Wort mit ihm wechseln konnte. Und Mrs Gulch, die Kunstlehrerin, bekam einen mittelschweren Wutanfall, weil Miles Derby, ein weiterer Junge aus Melodys Klasse, im Unterricht eingeschlafen und vom Stuhl gefallen war.

Die dicke Überraschung kam erst nach Schulschluss. Denn wie jeden Nachmittag wollte Melody wieder bei Mr Clues Laden vorbeischauen – trotz des heftigen Gewitters, das sich über der Bucht zusammenbraute. Blitze zuckten bereits über den Himmel und Donner grummelte in der Ferne.

„Warum willst du immer wieder dorthin?", jammerte Roddy, während sie durch die engen Gassen radelten. „Erwartest du, dass der alte Mann plötzlich wieder da ist und fröhlich aus dem Fenster winkt?"

„Wünschen würde ich es mir", gab Melody zu. „Denn Mr Clue schien etwas über Greifen zu wissen. Vielleicht könnte er mir helfen, Agravain zu finden."

„Vielleicht", gab Roddy zu, während sie in die Straße einbogen, in der sich der Kuriositätenladen befand. „Aber dazu müsste er erst mal wieder hier sein. Und die Tür von seinem Laden dürfte nicht verschlossen sein, sondern müsste ... *hä?*"

Vor lauter Überraschung verriss Roddy den Lenker. Er geriet ins Schlingern, eierte quer über die Straße und stieß beinahe mit Melody zusammen. Erst knapp vor dem Randstein gelang es ihm, das Fahrrad anzuhalten. Die Brille bebte auf seiner Nase, sein Haar sah aus, als stünde es unter Strom.

Normalerweise hätte Melody über so einen Anblick gelacht, aber nicht in diesem Moment. Mit offenem Mund und vor Staunen weit aufgerissenen Augen starrten Roddy und sie auf die Eingangstür von Mr Clues Laden.

Denn zum ersten Mal nach drei Monaten war sie nicht verschlossen, sondern stand weit offen!

Melody blickte zu Roddy, der nervös zurückzwinkerte.

Was hatte das zu bedeuten?

War Mr Clue tatsächlich zurückgekehrt?

Hastig stieg Melody vom Fahrrad und lehnte es an die Hauswand, dann stürmte sie auch schon die Stufen hinauf und durch die Eingangstür. Roddy folgte ihr auf dem Fuß.

Strenger Geruch schlug ihnen entgegen, die vertraute Mischung aus feuchtem Papier, Waffenöl und altem Leder. Aber im Laden brannte kein Licht und von seinem Besitzer fehlte jede Spur.

„Mr Clue?", fragte Melody, die ihre Aufregung kaum zurückhalten konnte. Das Herz pochte laut in ihrer Brust. „Mr Clue, sind Sie wieder da?"

Hinter einem der Regale war ein knarrendes Geräusch zu hören. Melody nickte Roddy zu und gemeinsam drangen sie in das Halbdunkel des Ladens ein.

Schon im hellsten Sonnenschein war Mr Clues Kuriositätenshop ein ziemlich geheimnisvoller Ort. Jetzt, da das heraufziehende Gewitter den Himmel verdunkelte, sah er richtig gruselig aus: Wie dunkle Mauern ragten die Regale voll alter Bücher vor Melody und Roddy auf. Dazwischen warfen Ritterrüstungen und ausgestopfte Tiere drohende Schatten. Ein großer Wolf mit gefletschten Zähnen stand da wie ein stummer Wächter. Da riss ein Blitz ein Glas mit toten Kröten, die in einer gelben Flüssigkeit schwammen, aus der Dunkelheit. Eine grausige Holzmaske starrte auf die Kinder herab. Roddy entfuhr ein leises Wimmern.

„Reiß dich zusammen, okay?", flüsterte Melody ihm zu, während sie sich weiter vortasteten. Sie erreichten das Ende des Regals und den rückwärtigen Teil des Ladens, wo es noch mehr Regale und gläserne Vitrinen gab.

Und inmitten des Durcheinanders stand tatsächlich eine dunkle Gestalt ...

„Mr Clue?", fragte Melody.

Der Mann fuhr herum.

Im selben Moment erleuchtete ein Blitz den Laden taghell. Entsetzt mussten Melody und Roddy feststellen, dass sie nicht etwa dem alten Ladenbesitzer gegenüberstanden, sondern ...

„Mr Gant!", entfuhr es Melody in einer Mischung aus Überraschung und Entrüstung. „Was tun Sie denn hier?"

„Dasselbe könnte ich dich fragen, junge Dame", gab der Anwalt zurück. Wenn er überrascht war, so zeigte er es nicht. „Nun, wir ... wir haben gesehen, dass die Tür offen stand, und da dachten wir, Mr Clue wäre zurück", entgegnete Melody verdutzt.

„So, dachtet ihr."

„Und was haben Sie hier zu suchen, Sir?", hakte Roddy nach. „Suchen Sie nach Sonderangeboten oder so?"

„Ja", pflichtete Melody bei, die sich erst jetzt von ihrem Schreck erholte, „was tun Sie eigentlich hier?"

„Was soll die dumme Frage?", blaffte Gant, jetzt schon weniger freundlich. „Ich sagte euch doch, dass ich Rechtsanwalt bin."

„Sagten Sie", stimmte Melody zu. „Aber ich glaube nicht, dass Sie hier deshalb einfach eindringen dürfen."

„Ja", pflichtete Roddy bei, „braucht man dazu nicht einen Durchsuchungsbefehl oder so was?"

„Genau." Melody nickte ihm dankbar zu.

„Haltet ihr mich etwa für einen Einbrecher?"

„Jedenfalls sieht's verflixt danach aus", meinte Roddy.

„Würde ein Einbrecher die Tür offen stehen lassen?"

„Na ja, äh ..."

„Ihr beide kommt euch wohl sehr schlau vor, was?"

Gant hielt etwas hoch. „Habt ihr schon mal einen Einbrecher gesehen, der einen Schlüssel benutzt?"

„Sie ... Sie haben Mr Clues Ladenschlüssel?", entfuhr es Melody verblüfft. „Woher?"

„Er selbst hat ihn mir gegeben."

„Wann?"

„Im vergangenen Jahr, bei meinem letzten Besuch hier auf der Insel. Da Cassander Clue keine Verwandten hat, hielt er es für eine gute Idee, einen Schlüssel bei seinem Anwalt zu hinterlegen."

„Und was tun Sie jetzt hier?"

„Ich sagte euch doch schon, dass Mr Clue und ich Geschäftsfreunde sind. Es lagern hier noch einige Dinge, die mir gehören."

Melody zog die Stirn kraus. Die Geschichte kam ihr seltsam vor. „Können Sie das beweisen?", fragte sie.

„Natürlich, jederzeit. Rechnungen und Lieferscheine für meine Einkäufe sind auf meinem Computer gespeichert."

„Hm", machte Melody.

„Was soll das heißen? Glaubst du mir nicht?"

„Was würden Sie an unserer Stelle glauben?", fragte Roddy zurück.

„Ich verbitte mir diese Unterstellungen!", schnauzte Gant, jetzt ganz und gar nicht mehr freundlich. „Ich bin euch Gören keine Rechenschaft schuldig, damit Ihr's wisst!"

„Uns vielleicht nicht, Sir", meinte Roddy und griff nach seinem Handy. „Aber der Polizei werden Sie antworten müssen."

„Ihr wollt die Polizei rufen?" Der Anwalt schüttelte den Kopf. „Das würde ich an eurer Stelle nicht tun."

„Wie-wieso nicht?", fragte Melody. Gants drohender Unterton gefiel ihr nicht. Vorsichtig wich sie zurück, Roddy ebenso.

Gant grinste. „Ganz einfach, weil ich in diesem Fall ..."

„Gibt es hier ein Problem?", ertönte hinter ihnen eine Stimme.

Melody und Roddy fuhren herum. Der französische Akzent war unüberhörbar ...

„Colin!", rief Melody erleichtert. Auch Roddy war heilfroh über die unverhoffte Rettung, auch wenn er das im Leben nicht zugegeben hätte.

„Bah, noch einer von diesen ...", machte Gant und schnitt eine Grimasse, als hätte er an seiner Schuhsohle einen Kaugummi entdeckt.

„Ist alles in Ordnung?", erkundigte sich Colin bei Melody.

„Ja, alles okay", erwiderte sie und bedankte sich mit einem Lächeln. „Roddy und ich wollten uns gerade verabschieden. Auf Wiedersehen, Mr Gant."

„Auf Wiedersehen", entgegnete Gant zähneknirschend. „Und vergesst nicht, was ich euch gesagt habe."

„Keine Sorge", versicherte Melody, „das werde ich nicht."

Nacheinander schlüpften sie zwischen den schmalen Regalreihen hindurch, den verblüfften Colin zogen sie mit. Draußen setzte gerade heftiger Regen ein, aber das war ihnen egal. Hauptsache, sie waren aus dem Laden raus.

Rasch nahmen sie ihre Fahrräder. Colin, der noch kein neues hatte, sprang wieder auf Melodys Gepäckträger. Dann sausten sie los und hielten erst einige Gassen weiter wieder an.

„Puh", machte Roddy.

„Danke für deine Hilfe", sagte Melody über die Schulter.

„Gern geschehen", versicherte Colin. „Ich sah, dass die Tür offen stand, und hörte eure Stimmen. Deshalb bin ich reingegangen. Wer war der Kerl?"

„Ein Anwalt aus London", antwortete Melody. „Aber irgendwie ist er mir nicht geheuer."

„Mir jetzt auch nicht mehr", versicherte Roddy. „Gehen wir zur Polizei?"

„Wieso?", wollte Colin wissen. „Was hat der Mann getan?"

„Noch gar nichts", erwiderte Melody, „aber er hätte uns vermutlich was getan, wenn du nicht gekommen wärst." Und in aller Kürze berichtete sie Colin, was sich zugetragen hatte. Dass Mr Clue auf mysteriöse Weise verschwunden war, ließ sie jedoch aus.

„Und dieser Gant behauptet, er hätte einen Schlüssel?"

„Er hat ihn uns gezeigt", sagte Roddy.

„Dann war es kein Einbruch", folgerte Colin. „Hat er euch bedroht?"

„Nicht direkt", musste Melody zugeben. „Es war mehr sein Ton als seine Worte."

„Das reicht nicht, um zur Polizei zu gehen", meinte Colin.

„Was?", wandte Roddy ein. „Das ist doch nicht dein Ernst!"

„Außerdem ist er Anwalt", fügte Colin hinzu. „Wenn ihr ihn anzeigt, und er hat in Wirklichkeit gar nichts ausgefressen, kriegt ihr ganz sicher Ärger."

„Oje!", seufzte Melody – denn das war so ziemlich das Letzte, was sie wollte. Ihre arme Granny hatte in diesem Jahr wegen der Schulden und des Beinaheverkaufs des Stone Inn schon genug mitgemacht. „Also schön", entschied sie, „wir werden vorerst nichts unternehmen."

„Spinnst du?", fragte Roddy. „Der Kerl ist gefährlich!"

„Und das sagst ausgerechnet du! Hast du nicht behauptet, Gant wäre ganz nett?"

„Da hab ich mich eben geirrt", gab Roddy unumwunden zu. „Aber wir dürfen den Typ nicht einfach davonkommen lassen. Irgendwas ist an dem doch oberfaul, sonst würde er nicht heimlich in Mr Clues Laden herumschleichen. Und er würde auch nicht so erschrecken, wenn man ihn dort entdeckt."

„Keine Sorge", versicherte Melody. „Ich werde ihn im Auge behalten."

„Wie willst du das anstellen?", fragte Colin.

„Sollte mir nicht allzu schwerfallen", meinte Melody grimmig. „Der saubere Mr Gant wohnt sozusagen bei mir zu Hause."

Nächtlicher Ausflug

Ein Wolkenbruch war über der südlichen Insel niedergegangen. Als er vorbei war, riss das düstere Grau des Himmels wieder auf und die Sonne kam durch. „Deshalb liebe ich diese Insel so sehr", meinte Granny Fay, die versonnen aus dem Küchenfenster auf die geheimnisvoll glitzernde See blickte. Sie war gerade dabei, Kartoffeln für den Stovies-Eintopf zu schneiden, den es zum Abendessen geben sollte. „Manche Tage enden hier mit einem kleinen Wunder."

„Meinst du?" Melody saß am Küchentisch und versuchte, das Gedicht auswendig zu lernen, das sie in Englisch aufbekommen hatte. Doch sie bekam die Worte einfach nicht in ihren Kopf hinein.

„Und ob", meinte Granny Fay und warf ihr ein verschmitztes Lächeln zu. „Wer war denn eigentlich der junge Mann, der dich heute nach Hause begleitet hat?"

„Och, niemand."

„Verstehe." Granny Fay nickte. „Der gute Niemand macht aber einen sehr netten Eindruck, das muss ich schon sagen."

Schmunzelnd ließ Melody ihr Buch sinken. „Sein Name ist Colin Lefay. Er kommt aus Frankreich."

„Olàlà!", machte Granny Fay, was Melody ziemlich albern fand. „Und was sagt Roddy dazu?"

„Ist das denn wichtig?"

„Nicht unbedingt. Ich dachte nur …"

„Bitte, Omi", flehte Melody, „ich muss dieses Gedicht auswendig lernen."

„Entschuldige. Aber es freut mich einfach, wenn du Freunde hast. Außer Roddy, meine ich."

Melody wusste, dass ihre Granny sich manchmal ein bisschen um sie sorgte, weil sie in ihrer Freizeit entweder die Nase in Büchern vergrub oder in der Pension mithalf. Roddy, den sie aus Sandkastenzeiten kannte, war tatsächlich ihr einziger Freund. Abgesehen von Agravain natürlich. Aber das konnte sie Granny ja schlecht sagen …

„Ich mag Colin", sagte sie deshalb. „Er ist nicht wie die anderen in der Klasse. Ashley versucht zwar alles, um ihn in ihre Clique zu kriegen, aber irgendwie ist er nicht interessiert."

„Dann mag ich ihn schon deshalb", meinte Granny Fay und lächelte wieder. „Ist das nicht großartig?", fragte sie dann mit einem Blick hinaus aufs Meer, das die untergehende Sonne langsam orangerot färbte.

„Was meinst du?"

„Nun ja, wie sich alles entwickelt: Das Wetter wird wieder besser, das Stone Inn ist ausgebucht, du findest neue Freunde … Alles ist in schönster Ordnung, oder nicht?"

Als ihre Großmutter sie fragend ansah, zögerte Melody. Sie waren immer ehrlich zueinander gewesen. Deshalb hätte Melody ihrer Granny am liebsten von ihrer unheimlichen Begegnung mit Gant erzählt, aber sie brachte es nicht über sich.

Solange sie denken konnte, hatte Granny Fay sich wegen irgendetwas Sorgen gemacht: Zuerst war es der frühe Tod von Melodys Eltern gewesen, später der Geldmangel und die Schulden, die auf dem Stone Inn gelastet hatten. Und jetzt schien es ihrer Großmutter zum allerersten Mal richtig gut zu gehen. Das wollte Melody ihr nicht verderben.

Jedenfalls nicht, solange es nicht unbedingt notwendig war. Was hatte Melody denn überhaupt vorzuweisen? Nichts als Verdächtigungen und Vermutungen! Wie hätte Granny reagieren sollen, wenn Melody zu ihr gesagt hätte: Ich bin einem leibhaftigen Greifen begegnet und kann in Gedanken mit ihm sprechen.

Zurzeit ist er auf der Flucht vor finsteren Männern in schwarzen Mänteln, die einem uralten Geheimbund angehören. Ihre Großmutter hätte doch gedacht, sie hätte sich das alles nur ausgedacht.

Also vertiefte sich Melody in ihre Hausaufgabe, bis sie wenigstens die erste Strophe des Gedichts auswendig konnte. Dann aßen sie zu Abend und Melody tat so, als wollte sie zum Lesen auf ihr Zimmer gehen.

Doch als Granny Fay einmal kurz nicht hinsah, bog Melody zur Rezeption ab, wo die Zimmerschlüssel hingen.

Es waren nur wenige da, denn die meisten Gäste waren auf ihren Zimmern; der Schlüssel zu Zimmer 21 allerdings hing an seinem Haken.

Melodys geheime Hoffnung hatte sich bestätigt. Gant war noch nicht zurückgekehrt.

Noch ehe sie es sich anders überlegen konnte, holte sie den Universalschlüssel aus der Schublade, ließ ihn in der Hosentasche ihrer Jeans verschwinden und huschte die Treppe zum oberen Stockwerk hinauf. Dort verharrte sie kurz und vergewisserte sich, dass niemand sie gesehen hatte. Dann eilte sie zum Ende des Gangs, auf die Tür mit der Nummer 21 zu. Dabei schlug ihr Herz so heftig, dass sie schon Angst hatte, man könnte es hören. Vor der Tür blieb sie kurz stehen.

Dann nahm sie all ihren Mut zusammen und klopfte an.

Niemand antwortete.

Gant war also noch immer unterwegs. Womöglich, dachte Melody grimmig, wühlte er noch immer in Mr Clues Laden herum. Was in aller Welt er dort wohl suchte? Die Geschichte mit der bezahlten Ware war mit Sicherheit erstunken und erlogen.

Vorsichtig steckte sie den Schlüssel ins Schloss und drehte ihn herum. Mit einem lauten Klicken sprang es auf. Melody drückte die Klinke herunter und trat ein. Natürlich war ihr klar, dass so etwas verboten war und Granny wahnsinnig sauer sein würde, wenn sie davon erfuhr. Aber Melody musste nun einmal herausfinden, wer dieser geheimnisvolle Mr Gant war. Agravain hatte gesagt, dass die Finsterlinge irgendwann zurückkehren würden. Waren sie vielleicht schon hier? Im Stone Inn, in ihrem und Granny Fays Zuhause?

Ein eisiger Schauer rann Melody über den Rücken.

Leise schloss sie die Tür hinter sich und sah sich um. Wie alle Zimmer des Stone Inn hatte auch dieses einen Schlafraum und ein kleines, frisch renoviertes Badezimmer. Die Einrichtung bestand aus einem Bett mit Nachtkästchen, einem Schrank und einem Tisch. Das Bett war frisch gemacht und unberührt. Auf dem Tisch lagen ein paar Zeitungen, die Melody im Dämmerlicht durchsah – Ausgaben der *London Times* und des *Scotsman*, alle nur wenige Tage alt. Da Melody daran nichts Verdächtiges entdecken konnte, ging sie zum Schrank und öffnete ihn: weiße Hemden, alle säuberlich zusammengelegt, dazu zwei schwarze Anzüge – Gant trug offenbar nie etwas anderes. Das war zwar spießig, aber nicht verboten. Ein wenig enttäuscht machte Melody den Schrank wieder zu.

War das wirklich schon alles gewesen?

Der Computer, von dem Gant gesprochen hatte, war nirgendwo zu sehen. Auch ein Koffer fehlte.

Vielleicht unter dem Bett?

Sie bückte sich und schaute nach – Volltreffer!

Rasch griff sie nach dem Koffer und zog ihn hervor: ein Hartschalen-Teil, vermutlich unkaputtbar. Und zu allem Überfluss war es auch noch abgeschlossen!

Melody unterdrückte einen Fluch. Dem Gewicht nach zu urteilen, musste etwas in dem Koffer drin sein. Sie griff nach ihrem Handy, um Roddy anzurufen. Wenn es jemand schaffte, das Zahlenschloss des Koffers zu knacken, dann er. Vielleicht, wenn er gleich zu ihr rüberkam ...

Doch in diesem Augenblick drang ein dumpfes Brummen vom Vorplatz herauf. Melody fuhr hoch und eilte zum Fenster, warf einen vorsichtigen Blick hinaus – und sah den klobigen Hummer, dessen Scheinwerfer wie Messer durch die hereinbrechende Dunkelheit schnitten.

Gant war zurück!

Sternenhimmel

Melodys Herzschlag verwandelte sich in ein wildes Pochen. Hastig schob sie den Koffer unter das Bett zurück. Mit einem schnellen, prüfenden Blick, vergewisserte sie sich, dass alles so war, wie sie es vorgefunden hatte. Dann huschte sie zur Tür und wollte die Klinke drücken, um hinauszuschleichen …

„*Nicht*", sagte plötzlich eine Stimme.

Melody war wie vom Donner gerührt. Denn diese Stimme kam nicht von außen, sie kam aus ihrem Kopf!

„A-Agravain?", flüsterte sie.

„*Ich bin hier*", war die Antwort. Sie hatte fast vergessen, wie sich seine Stimme anhörte, samtig weich und doch ernst.

„Oh Agravain, ich bin so froh!" Melody musste die Tränen zurückhalten.

„*Ich auch*", versicherte er. „*Aber du darfst nicht durch diese Tür gehen. Er wird dich sehen.*"

„Aber wie soll ich …?"

„*Das Badezimmer. Steig durch das Dachfenster nach draußen.*"

Melody zögerte keine Sekunde. Sie vertraute Agravain bedingungslos. Er wusste immer, was zu tun war. Dafür stürmten andere Fragen auf sie ein.

Wo war Agravain die ganze Zeit gewesen? Wieso meldete er sich ausgerechnet jetzt? Und warum wusste er, wo sie war und was sie tat? Melody verbannte die Fragen aus ihrem Kopf. Denn sie musste dringend aus Gants Zimmer verschwinden!

Rasch huschte sie zum Badezimmer, das in die Dachschräge gebaut war. Hier gab es tatsächlich ein kleines Fenster, gerade groß genug für Melody. Sie hörte das Knarren von Schritten im Hausgang. Dann war Gant auch schon im oberen Stockwerk. Jeden Augenblick würde er den Schlüssel ins Türschloss stecken und dann …

Mit zitternden Händen öffnete sie das Fenster, das sich über der Toilette befand. Kühle Nachtluft strömte herein, sie roch nach Salz und Seetang. Ein Himmel voller Sterne funkelte über dem Haus. Melody biss die Zähne zusammen und wollte schon hinausschlüpfen, als sie im Halbdunkel etwas entdeckte.

Einen Kopf, der sie anstarrte!

Nur mit Mühe konnte sie einen Schrei unterdrücken. Dann sah sie, dass der Kopf in Wahrheit eine Attrappe aus weißem Hartschaum war, die auf dem kleinen Regal oberhalb des Waschbeckens stand. Sie hatte noch nicht mal ein richtiges Gesicht. Doch Melody kam es vor, als würden die leeren Augenhöhlen sie anstarren.

Wozu in aller Welt war dieses hässliche Ding gut?, fragte sie sich. Und schon im nächsten Moment dämmerte ihr die Antwort. Sie hatte solche Köpfe schon mal gesehen, im Friseurladen an der Glencloy Road. Mrs Newton zog ihnen die Perücken an, die sie verkaufte. Trug Malcolm Gant also falsches Haar?

In diesem Moment klickte der Schlüssel.

Melody musste verschwinden!

Rasch stieg sie auf die Kloschüssel, fasste den Fensterrahmen mit beiden Händen und stemmte sich hinauf – während hinter ihr mit lautem Knarren die Tür aufschwang. Im nächsten Moment war sie auch schon draußen. Rasch schloss sie das Dachfenster, so gut es von außen ging, und verharrte.

Durch das Milchglas konnte sie sehen, wie Gant das Licht anschaltete und in seinem Zimmer auf und ab ging. Was er genau tat, konnte Melody im Dunkeln nicht erkennen.

„Bist du in Sicherheit?"

„Das hoffe ich. Ich bin auf dem Dach", erwiderte Melody in Gedanken.

„*Gut.*" Agravain klang erleichtert. „*Sei bitte vorsichtig.*"

„Versprochen", versicherte Melody, der alles andere als wohl war in ihrer Haut. Das Dach des Stone Inn war eigentlich viel zu steil für Klettertouren. Melody konnte von Glück sagen, dass im Zuge der Renovierung das Moos auf den alten Schieferschindeln entfernt worden war. Sonst wäre es nach all dem Regen hier extrem glitschig gewesen. So konnte sie sich jedoch einigermaßen sicher am First entlang zum Kamin hangeln, in dessen Schutz sie kauernd wartete.

„Wo warst du die ganze Zeit?", fragte sie Agravain. „Und wo bist du jetzt?"

„*Sieh nach oben*", lautete die Antwort.

Melody blickte auf.

Der Mond erhellte den Nachthimmel, auf dem nur ein paar Wolken zu sehen waren. Eine davon schwebte direkt über dem Stone Inn.

„Agravain?", fragte Melody.

„*Ich muss vorsichtig sein*", erwiderte der Greif, „*denn der Feind ist in der Nähe.*"

„Gant?", fragte Melody nur.

„*Nimm dich vor ihm in Acht. Er ist nicht, was er zu sein vorgibt.*"

„Dachte ich mir." Mit einem Schaudern erinnerte sich Melody an den Perückenkopf. Die Anhänger des Drachenordens hatten ihre Köpfe alle kahl rasiert – trug der Anwalt deshalb eine Perücke, weil er verbergen wollte, dass er in Wirklichkeit zu ihnen gehörte?

„*Wir müssen uns treffen. Es gibt so viel, was ich dir sagen muss.*"

„Wo? Wann?", fragte Melody nur.

„*Kannst du ans andere Ende der Insel kommen? Nach Lochranza?*"

„Das ist ziemlich weit."

„*Ich weiß, aber ich kann nicht zu dir kommen. Es wäre zu gefährlich.*"

„Natürlich." Melody nickte entschlossen. „Ich will dich nicht in Gefahr bringen."

„*Zu gefährlich für dich*", verbesserte Agravain. „*Noch lässt dich der Feind in Ruhe und beschränkt sich aufs Beobachten. Aber das wird sich ändern, wenn ich mich in deiner Nähe zeige."*

„Verstehe." Melody merkte, wie sich ein Kloß in ihrem Hals bildete. Ihre Ahnung hatte sie nicht getrogen. Nicht genug, dass dieser Gant ein Agent des Drachenordens war – er wohnte auch noch in ihrem Haus! So konnte es nicht weitergehen. Sie musste Agravain sehen, unbedingt!

„Lochranza, richtig?", fragte sie nach.

„Ja. Aber du musst es so anstellen, dass der Feind keinen Verdacht schöpft."

Melody atmete tief ein und aus. „Ich werd's versuchen."

„Aber bitte sieh dich vor, Melly."

„Du auch."

„Versprochen."

„Und ... Agravain?"

„Ja?"

Trotz ihrer Angst konnte Melody nicht anders, als zu lächeln. „Schön, dass du wieder da bist."

„Eigentlich", erwiderte der Greif, *„bin ich niemals wirklich fort gewesen."*

Melodys Trick

„U-und wie lange bist du dort oben geblieben?"

„Noch eine ganze Weile. Ich hab gewartet, bis ich ganz sicher sein konnte, dass Gant keinen Verdacht geschöpft hatte."

„Und wie bist du wieder runtergekommen?" Roddy staunte nicht schlecht über Melodys Geschichte.

„Über den Anbau mit der Garage – so wie du früher, wenn du mich besucht hast", erklärte Melody, während sie auf dem Weg zur Schule nebeneinanderher fuhren.

„Hast du deiner Großmutter davon erzählt?"

„Natürlich nicht", wehrte Melody ab. „Die Arme würde doch denken, dass ich spinne! Zuerst breche ich unerlaubt ins Zimmer eines Gastes ein. Und dann höre ich auch noch eine Stimme in meinem Kopf, die sagt, ich soll aufs Dach klettern."

„Zugegeben", räumte Roddy ein und konnte sich ein Grinsen nicht verkneifen. „Wenn man es so hört, klingt es schon ein bisschen verrückt. Und Agravain glaubt, dass Mr Gant zu den Manteltypen gehört?"

„Er glaubt es nicht nur, er weiß es. Gant ist im Auftrag des Drachenordens hier. Das Haar auf seinem Kopf ist bloß eine Perücke – darunter ist er genauso kahl wie die Typen, die uns damals im Wald aufgelauert haben."

„Ernsthaft?" Roddy erschauderte sichtlich.

„Ernsthaft."

„Dann würde ich jetzt wirklich gerne wissen, was der Kerl in Mr Clues Laden zu suchen hatte", folgerte Roddy.

„Und vor allem, woher er seinen Schlüssel hatte", fügte Melody grimmig hinzu. „Weißt du, was ich glaube?"

„Was denn?"

„Dass Mr Clue gar nicht verreist ist, sondern von diesen Typen geschnappt wurde. Sie haben ihn überfallen und ihm den Schlüssel abgenommen."

„Du meinst er … er ist …?", stammelte Roddy.

„Ich weiß es nicht", erwiderte Melody düster. „Ich weiß nur, dass diese Typen zu allem fähig sind."

„Aber wieso grade Mr Clue?"

„Na ja, weil er was über Greifen weiß", vermutete Melody, während sie stehend in die Pedale trat, um den letzten Anstieg zu nehmen. „Weißt du nicht mehr – dieses Buch, das er uns gezeigt hat? Er wollte uns treffen, um uns noch mehr darüber zu verraten …"

„Stimmt", stieß Roddy hervor, atemlos nicht nur vom Pedaletreten, sondern auch vor Aufregung. „Mal angenommen, du hast Recht – was genau hat Gant dann in dem Laden gesucht? Ansichtskarten mit Inselmotiven werden's ja wohl kaum gewesen sein …"

„Ganz sicher nicht", stimmte Melody zu. „Aber vielleicht das Buch über die Greifen. Oder irgendwas anderes, was ihm nützlich sein kann."

„Der Ring wird's auch nicht gewesen sein", vermutete Roddy, „denn den hatte er ja an deiner Hand gesehen. Aber immerhin wissen wir jetzt, warum der Stein neulich nachts geleuchtet hat. Wahrscheinlich wollte Agravain dich warnen."

„Gut möglich." Melody nickte. Inzwischen hatten sie die Anhöhe vor Lamlash erreicht, von hier bis zur Schule ging es nur noch bergab, sodass sie nicht mehr treten mussten. „Agravain sagte, er könnte nicht zu mir kommen, weil es sonst für mich zu gefährlich würde – und für Granny Fay natürlich auch."

„Und für mich", fügte Roddy atemlos hinzu. „Die Kerle wissen ja sicher, wo ich wohne."

„Ziemlich wahrscheinlich", gab Melody zu. „Und deshalb müssen wir etwas unternehmen. So kann es nicht weitergehen."

„Aha." Roddy wirkte nicht sehr überzeugt. „Und woran hast du gedacht?"

„An gar nichts", gab Melody zu, „aber ich glaube, Agravain hat einen Plan. Deshalb will er mich in Lochranza treffen."

„Lochranza", stieß Roddy hervor. „Hat er eine Ahnung, wie weit das ist? Warum nicht gleich drüben auf dem Festland?"

„Immer mit der Ruhe", beschwichtigte Melody. „Das kriegen wir schon irgendwie hin."

„Und wie?" Roddy schnitt eine Grimasse, während ihm der Fahrtwind das Haar zerzauste. „Willst du dir mal eben den alten VW von deiner Granny borgen? Und überhaupt, wie willst du abhauen, ohne dass Gant was davon bemerkt?"

„Ganz einfach – indem ich weiter zur Schule gehe, als wäre nichts geschehen."

„Zur Schule? Aber wie willst du dann nach Lochranza kommen?" Roddy sah zu ihr hinüber. Dabei riss er versehentlich am Lenker und kam mit dem Fahrrad gefährlich ins Schlingern. „Waaah!", machte er. „Du meinst doch nicht etwa …?"

„Genau das", bestätigte Melody. „Unsere alljährliche Klassenfahrt am Schuljahresende!"

„Die Idee ist nicht schlecht", musste Roddy zugeben, nachdem er sein Fahrrad wieder unter Kontrolle gebracht hatte. „Da ist nur ein Problem."

„Nämlich?"
„Wir sind schon im letzten Jahr in Lochranza gewesen, weißt du nicht mehr? Wir haben den alten Leuchtturm besucht und sind im Moor wandern gegangen."
„Klar weiß ich das noch", versicherte Melody.
„Aber dann werden wir doch dieses Jahr wohl kaum noch mal hinfahren!", wandte Roddy ein.
„Abwarten."
Sie hatten die Schule fast erreicht und verlangsamten ihre Fahrt, um in die Auffahrt einzubiegen.
„Was willst du tun?", fragte Roddy neugierig.
„Mr Freefiddle fragen? Der macht doch nie im Leben, was du gerne hättest. Was anderes wär's natürlich, wenn Ashley ihn fragen würde, aber …"
„Du sagst es", bestätigte Melody lächelnd.
Tatsächlich hatte sie sich schon den ganzen Morgen den Kopf zerbrochen, wie sie möglichst unauffällig auf die andere Seite der Insel gelangen könnte. Und war auf eine verblüffend einfache Lösung gekommen.
Sie stellten ihre Fahrräder unter dem gewölbten Dach aus Wellblech ab und betraten dann den Schulhof. Es war wie an jedem Morgen, die Grüppchen und Cliquen standen an den gewohnten Plätzen und unterhielten sich, tippten auf ihren Handys herum oder tauschten in aller Eile noch Hausaufgaben aus. Oder sie zerrissen sich das Maul über andere Schüler. Und das konnte niemand so gut wie Ashley McLusky.

Arm in Arm mit ihrem Kleiderschrank-Freund Maxwell Fraser, dessen Markenzeichen eine schief aufgesetzte Baseball-Mütze und ein dämliches Dauergrinsen waren, stand Ashley da und schnatterte vor sich hin. Die ungekrönte Königin des Schulhoftratschs laberte, während ihre Freundinnen, allen voran das hohle Duo Kimberley und Monique, ihr an den Lippen hingen. Gewöhnlich machte Melody einen weiten Bogen um diese Mädchen, um nicht schon am frühen Morgen Ziel ihrer fiesen Spottattacken zu werden. Heute jedoch hielt sie geradewegs auf ihre Erzfeindin zu.

„Äh, du weißt aber schon, was du gerade tust, oder?", fragte Roddy, der nervös neben ihr herhopste und kaum Schritt halten konnte. „Da vorn sind Ashley und ihre Kleiderständer!"

„Keine Sorge, ich weiß, was ich tue", versicherte Melody. Und kaum war sie in Hörweite der anderen angekommen, fing sie lauthals zu erzählen an: „… schon gehört? Mr McIntosh soll gesagt haben, dass unsere Klassenfahrt auch dieses Jahr wieder nach Lochranza geht. Ich hasse diese Gegend! Ich fürchte mich vor dem Moor und kann den Nebel nicht leiden. Ich schwöre dir, Roddy: Wenn wir noch mal da hinfahren, raste ich aus!"

Inzwischen hatten sie Ashley und ihre Gruppe längst passiert und waren im Schulgebäude verschwunden. Ashley hatte natürlich so getan, als würde sie sich nicht im Geringsten für Melody interessieren. Aber Melody war klar, dass sie jedes Wort mitgehört hatte.

„Und jetzt?", fragte Roddy.

„Wart's ab", sagte Melody nur.

Bis zur vierten Stunde musste Roddy sich gedulden. Dann hatten sie Biologie bei Mr Freefiddle, der dieses Jahr den Klassenausflug organisieren musste. Der hagere Mann mit dem Kraushaar und dem immer gleichen dunkelgrünen Pullover hatte sein Wanderskelett gerade abgestellt und wollte mit dem Unterricht loslegen, als Ashleys Finger in die Höhe schnellte.

„Ja, Ashley?", fragte Mr Freefiddle. „Noch eine Frage zum Stoff der letzten Stunde?"

„Nein, eigentlich nicht", erwiderte Ashley und setzte ihr zuckersüßestes Lächeln auf." Sie haben alles so wunderbar erklärt, dass keine Fragen mehr offengeblieben sind."

„Das freut mich", brummte Mr Freefiddle und zupfte ein wenig verlegen am Kragen seines Pullovers.

„Es geht um den Ausflug nächste Woche", fuhr Ashley fort.

„Ich dachte, das hätten wir schon geklärt." Mr Freefiddle hob die schmalen Brauen. „Wir wollten zum Goat Fell und eine Bergwanderung machen, um den Goldadler und andere Raubvögel zu beobachten."

„Ich weiß", versicherte Ashley, „und das wäre auch wirklich schön gewesen – Sie wissen ja, ich liebe Gold und so." Sie lächelte schüchtern. „Aber leider habe ich mir die Bänder gedehnt und kann deshalb nicht bergauf laufen. An eine Bergtour ist also leider nicht zu denken."

„Tatsächlich?" Ein wenig verwirrt blickte Mr Freefiddle auf Ashleys Beine, die so lang und dünn wie Spargel waren und in hochhackigen Stiefeln steckten. Von einer Verletzung war weit und breit nichts zu erkennen.

„Ja leider", log Ashley unverdrossen weiter, „deshalb wollte ich fragen, ob wir den Ausflug wieder wie im vergangenen Jahr nach Lochranza machen könnten."

„Schon wieder?", fragte Troy Gardner missmutig.

„Hast du was dagegen?", giftete Ashley ihn an.

„Äh ... nö", beeilte sich Troy zu versichern.

„Nun", meinte Mr Freefiddle, „das kommt zwar ein wenig überraschend, aber in der Bucht von Lochranza lassen sich auch sehr schöne Naturbeobachtungen durchführen. Wir könnten zum North Point wandern und Ausschau nach Delfinen halten."

„Ich liebe Delfine", flötete Ashley.

„Oder Robben", überlegte der Lehrer weiter.

„Ich sterbe für Robben!", rief Ashley verzückt.

„Also, im Grunde ist es eure Entscheidung", meinte Mr Freefiddle ein bisschen hilflos. „Wenn der Rest der Klasse nichts dagegen hat ..."

„Vielen Dank, Sir", nahm Ashley kurzerhand die Entscheidung vorweg und niemand traute sich zu widersprechen.

„Dann ist es also beschlossen", bestätigte Mr Freefiddle. Er schien hocherfreut, der Tochter von Buford McLusky einen Gefallen zu tun. Schließlich konnte man nie wissen, wann man die Hilfe eines so mächtigen Mannes mal brauchen konnte. „Ich werde dann alles Nötige veranlassen."

„Danke, Mr Freefiddle", sagte Ashley noch einmal und schenkte ihm das schmachtendste Lächeln, zu dem ihr mit Schminke zugekleistertes Gesicht noch in der Lage war. Doch nur, um sich gleich darauf umzudrehen und ein schadenfrohes Grinsen in Melodys Richtung zu schicken.

Ganz klar – Ashleys Fuß ging es hervorragend.

Sie hatte Mr Freefiddle nur deshalb zu einer Planänderung überredet, um Melody eins auszuwischen. Dass sie Melody damit in die Hände gespielt hatte, wäre ihr nie ihm Traum eingefallen.

Melody bemüht sich, möglichst verzweifelt auszusehen. Kaum hatte sich Ashley jedoch wieder abgewandt, zwinkerte sie Roddy verschwörerisch zu. Er nickte anerkennend.

Melodys Trick hatte funktioniert. Auf Ashley McLuskys Bosheit war eben immer Verlass.

Schweres Gepäck

Am Wochenende gab es im Stone Inn alle Hände voll zu tun.

Einige Gäste reisten ab, andere kamen vom Festland an. Die Zimmer mussten gereinigt und die Betten frisch bezogen werden. Außerdem mussten die kleinen Blumensträuße ausgetauscht werden, die Granny Fay als Willkommensgruß auf den Zimmern zu verteilen pflegte.

Malcolm Gant reiste unglücklicherweise nicht ab. Aber er war auch kaum auf seinem Zimmer, sondern mit seinem Monsterauto auf der Insel unterwegs. Melody bekam eine Gänsehaut, wenn sie nur daran dachte, wer der Kerl in Wirklichkeit war.

Einerseits war sie froh, das Stone Inn für ein paar Tage verlassen zu können – der Gedanke, Granny

Fay mit Gant allein zu lassen, gefiel ihr allerdings ganz und gar nicht. Zugegeben, genau genommen war Granny Fay nicht allein, denn das Stone Inn war ja bis auf das letzte Zimmer voll besetzt. Und so lange Gant nicht mitbekam, dass Melody Verdacht geschöpft hatte und wusste, für wen er arbeitete, bestand wohl auch keine Gefahr. Das redete sie sich immerzu ein, während sie am späten Sonntagnachmittag dabei war, ihre Reisetasche für die bevorstehende Klassenfahrt zu packen.

„Na, worüber denkst du nach, Engelchen?", fragte Granny Fay, die ihr dabei half. „Fällt es dir so schwer, das Stone Inn zu verlassen?"

„Es ist unser Zuhause", antwortete Melody.

„Zuhause ist dort, wo du dich niederlässt", erwiderte ihre Großmutter. „Das wirst du noch erfahren."

„Aber du sagst doch selbst immer wieder, wie sehr du am Stone Inn hängst. Deshalb war es ja so furchtbar, als wir es beinahe verloren hätten."

„Weil ich alt bin und grau", gab Granny lächelnd zu. „Aber dir steht die ganze Welt offen, Melody. Irgendwann wirst du Arran den Rücken kehren und das ist gut und richtig so." Sie gab Melody einen Stapel frisch gewaschener und zusammengelegter T-Shirts. Melody packte sie in die Tasche, dann blickte sie auf und sah ihre Großmutter an.

„Ich könnte dich nie verlassen, Granny", versicherte

sie ihr und hatte plötzlich Tränen in den Augen. Sie umarmte ihre Großmutter stürmisch und drückte sie heftig an sich.

„Oh mein Kind", erwiderte Granny Fay und drückte sie ebenfalls. „Was ist denn los?", wollte sie dann wissen.

„Weiß nicht." Melody zuckte die Achseln und wischte sich die Tränen weg. „Nur so." Dabei wusste sie nur zu genau, was los war, und hätte es ihrer Großmutter am liebsten gesagt: dass sie sich mit einem Greifen angefreundet hatte und sie womöglich alle in Gefahr schwebten. Aber das durfte sie nicht.

Ihr oberstes Ziel musste es sein, Granny Fay zu schützen. Hätte ihre Granny erfahren, was los war, wäre sie sofort auf Gant losgegangen und hätte ihn in hohem Bogen aus dem Stone Inn geworfen – und sich dadurch nur selbst in Gefahr gebracht. Je weniger sie wusste, desto besser war es für sie. Auch wenn es Melody furchtbar schwerfiel.

„Ach", sagte Granny Fay plötzlich. Ihre faltige Miene hellte sich auf und ein spitzbübisches Lächeln erschien auf ihrem Gesicht. „Ich glaube, ich weiß, wie der Hase läuft. Es hat nicht zufällig etwas mit dem jungen Mann aus Frankreich zu tun?"

„Granny!", rief Melody entrüstet.

„Ich meine ja nur ..."

„Der interessiert mich nicht", stellte Melody klar,

„und außerdem hängt er die meiste Zeit mit Ashley und ihrer Clique ab."

„Dann ist er entweder blind – oder sehr dumm", war Granny Fay überzeugt. Sie reichte Melody zwei der karierten Flanellhemden, die Melody für ihr Leben gern trug. „Ich sage dir das nicht oft, mein Kind, aber du bist etwas ganz Besonderes. Und jeder, der etwas anderes behauptet, ist ein Lügner. Ich bin sehr, sehr stolz auf dich, weißt du das?"

„Warum?"

„Weil du dich in all den Jahren niemals hast unterkriegen lassen. Obwohl du deine Eltern verloren hast, obwohl sie in der Schule furchtbar hässlich zu dir waren und du außer Roddy keine Freunde hattest …"

„Ich hatte dich", wandte Melody lächelnd ein.

„… bist du trotzdem immer du selbst geblieben", fuhr ihre Großmutter unbeirrt fort. „Und wir wollen nicht vergessen, dass es all das hier ohne dich gar nicht mehr geben würde. Hättest du nicht diese Edelsteine gefunden und damit unsere Schulden gezahlt, hätte die Abrissbirne das Stone Inn dem Erdboden gleichgemacht."

„Das war ich nicht allein", sagte Melody bescheiden. „Ich hatte Hilfe."

„Wie auch immer – ich bin sehr dankbar, dass es dich gibt", erwiderte Granny Fay. Jetzt war sie es, die Tränen in den Augen hatte und Melody fest in die

Arme schloss. „Und nun genug damit", sagte sie schließlich und tätschelte ihren grauen Dutt, als müsste er wieder in Form gebracht werden. „Ich habe dir hier etwas eingepackt, was du bestimmt gut brauchen kannst – selbst gemachtes Dörrfleisch in Honigmarinade. Deine Lieblingssorte."

„Lieb von dir, Omi."

„Ich packe es dir hier in die Vortasche, dann kannst du zugreifen, falls du unterwegs mal eine Stärkung ... Nanu?", rief Granny Fay plötzlich und griff in die Tasche – nur um fünf Päckchen Dörrfleisch hervorzuziehen. „Du hast dir ja bereits welches gekauft! Im Supermarkt", fügte sie mit leicht gerümpfter Nase hinzu.

„I-ich wusste ja nicht, dass du mir auch welches machen würdest", erwiderte Melody ein wenig verlegen. „Du hast ja im Augenblick so viel zu tun ..."

„Und warum gleich fünf Packungen? Hast du Angst, drüben in Lochranza zu verhungern?"

„Na ja", meinte Melody verlegen und konnte nicht verhindern, dass sie rot wurde. Das Fleisch war natürlich ein Geschenk für Agravain, aber das konnte sie ihrer Granny ja schlecht sagen. „Du weißt doch, nachts bekomme ich manchmal furchtbaren Appetit, und dann ..."

„Ist ja auch egal", meinte Granny Fay und legte die fünf Päckchen wieder zurück in die Tasche und ihres gleich noch dazu. „Hauptsache, du musst unterwegs nicht hungern."

„Jetzt ganz bestimmt nicht mehr." Melody lächelte. „Danke. Und bitte pass auf dich auf, wenn ich nicht da bin, hörst du?"

„Seltsam." Ihre Großmutter schnitt eine Grimasse. „Genau dasselbe wollte ich gerade zu dir sagen."

„Es ist mein Ernst", beharrte Melody. „Zurzeit wohnen sehr viele Leute im Stone Inn."

„Und das ist auch gut so."

„Ja, klar ... aber es könnte ja mal einer dabei sein, der nicht so nett ist wie die anderen", beharrte Melody. „Jemand, der es nicht gut mit dir meint ..."

„Keine Sorge, Kindchen, ich werde mit jedem fertig", versicherte ihre Granny beherzt. „Vergiss nicht, dass Großvaters Schrotflinte unten über dem Kamin hängt."

„Ich meine es ernst."

„Ich ebenso", beharrte Granny Fay und sah sie fragend an. „Und es gibt wirklich nichts, was du mir erzählen möchtest? Ich könnte schwören, dass dich etwas bedrückt."

„Nein, nichts", beharrte Melody.

„Ein bisschen erinnert mich das an früher, wenn du nicht einschlafen konntest oder schlecht geträumt hattest. Dann bist zu mir gekommen, hast dich zu mir ins Bett gelegt und mir alles erzählt. Und gemeinsam haben wir die Gespenster der Nacht vertrieben. Weißt du noch?"

Melody nickte.

Klar wusste sie das noch.

Das Problem war nur, dass sich die Gespenster von heute nicht so einfach vertreiben ließen.

Auf Klassenfahrt

Am Montagmorgen, pünktlich um acht Uhr, fuhr der Bus von der Arran Highschool ab.

Ashley und ihre Clique nahmen ganz hinten Platz und belagerten die Rückbank und die vier Reihen davor. Alle anderen mussten weiter vorn sitzen. So auch Melody und Roddy, die das Pech hatten, direkt hinter Mr Freefiddle zu landen. Der sah es nämlich als seine Pflicht an, den Schülern jede einzelne Sehenswürdigkeit, die am Rand der Küstenstraße auftauchte, zu erklären.

„Dort drüben seht ihr einen weiteren Steinkreis aus keltischer Zeit … Auf dem Baum da sitzt ein Wanderfalke … Die Ruinen auf dem Hügel, eine mittelalterliche Burg … Die Fischerboote kehren zurück … Schaut mal, Robben! Habt ihr die gesehen?"

So ging es die ganze Fahrt über. Melody und Roddy waren ziemlich froh, als sie endlich das Ziel ihrer Reise erreichten, einen kleinen Campingplatz, der auf einer Hochebene lag.

Das von Moorlöchern durchsetzte Marschland von Lochranza erstreckte sich nach allen Seiten; östlich davon erhoben sich die kargen Gipfel der Berge, von Westen brandete die See gegen die Felsenküste und erfüllte die feuchte Luft mit dem Geruch von Salz und Fisch.

Zuerst mussten die Zelte aufgebaut werden – eine Aufgabe, die die Schüler mit unterschiedlich großem Eifer erledigten. Während die einen – unter ihnen Melody und Roddy – eben taten, was getan werden musste, warteten Ashley und ihre Prinzessinnen, bis die Jungs der Klasse ihnen das Zelt aufgebaut hatten: ein großes, rosafarbenes Ungetüm, das Ashley gehörte und dem jemand den Spitznamen „Pinkwarts" gab.

Roddy wurde dazu verdonnert, in einem Zelt mit Troy Gardner und zwei anderen Jungen der Fußballmannschaft zu schlafen. Melody musste dagegen ihr Zelt mit Lorna McKeen teilen. Zwar gehörte Lorna nicht zu Ashleys Clique, aber sie war auch nicht besonders beliebt, weil sie immer nach Bratkartoffeln roch. Melody machte das nichts aus: Lieber hatte sie die ganze Nacht den Geruch von Kartoffeln und Zwiebeln in der Nase, als dass sie Ashleys bescheuertes Gequatsche ertrug.

Mr Freefiddles hochmodernes Iglu-Zelt war im Nu aufgebaut – oder vielmehr aufgeschüttelt. Danach stand er in seine dunkelgrüne Wachsjacke gehüllt auf einem Felsen und erteilte Anweisungen, während die Schüler um ihn herum arbeiteten.

Auf dem Campingplatz gab es eine einfache Gastwirtschaft, in der mittags in einer riesigen Pfanne Bratkartoffeln zubereitet wurden. Vor allem Lorna war begeistert. Melody aß nur ein paar Happen, dann zog sie sich mit ihrem Handy zurück. Sie wollte sichergehen, dass bei Granny Fay alles in Ordnung war.

„Hi, Granny, ich bin's."

„Melody!" Die Überraschung war Granny Fays Stimme deutlich anzuhören. „Ist etwas passiert?"

„Nein, nein. Ich wollte nur …"

„Was, Kindchen?"

„Deine Stimme hören", antwortete Melody.

„Du hast Heimweh? Jetzt schon?"

„Ein bisschen", flunkerte Melody. „Ich wollte nur fragen, ob es dir gut geht."

„Natürlich geht es mir gut! Mach dir keine Sorgen meinetwegen, hörst du? Hab Spaß mit deinen Freunden!"

„Ist gut." Melody seufzte erleichtert. „Hab dich lieb", sagte sie noch und beendete dann das Gespräch.

Nachmittags ging es ans Meer.

Die Schüler in Melodys Klasse, vor allem die Jungen,

wären am liebsten einfach nur auf den Klippen herumgekraxelt. Aber Mr Freefiddle entschied, dass dies zu gefährlich sei. Stattdessen hielten sie Ausschau nach Robben und entdeckten tatsächlich welche. Da legte der Biolehrer natürlich gleich wieder mit seinen Vorträgen los: über das Familienleben der Robben, über ihre Ernährung, ihre Jagdgewohnheiten und über ihr Sozialverhalten. Das interessierte natürlich niemanden besonders brennend, zumal die Wolkendecke endlich aufriss und die Sonne herauskam. Im Nu wurde es schön warm.

„Na, Campbell? Hast du Spaß?", erkundigte sich Ashley gehässig bei Melody. An einem anderen Tag hätte sich Melody vielleicht darüber geärgert – heute nicht.

Immer wieder guckte sie verstohlen auf den Ring an ihrem Zeigefinger, um zu sehen, ob er leuchtete. In diesem Fall würde sie ihn natürlich sofort in der Hosentasche verschwinden lassen.

Doch nichts geschah. Melody schaute sich trotzdem suchend um, ob sie nicht vielleicht doch einen Hinweis auf Agravains Anwesenheit erspähen konnte. Aber weder an den Klippen noch unten am Strand konnte sie etwas ausmachen.

Nicht, dass das etwas bedeutet hätte – Greifen waren wahre Meister der Tarnung. Sie selbst hatte ja neulich auf dem Dach gesehen, dass Agravain sich sogar in eine Wolke hüllen konnte. Dennoch fürchtete sie, dass sie die Reise ans andere Ende der Insel vergeblich auf sich genommen hatte.

Irgendwann ging Mr Freefiddle der Lehrstoff aus und sie traten den Rückweg zum Campingplatz an. Der Marsch führte durch kahles, trostloses Gelände, das von Felsbrocken und abgestorbenen Bäumen übersät und von Moorlöchern durchsetzt war.

Da Roddy die ehrenvolle Aufgabe hatte, Mr Freefiddles komplette Fotoausrüstung zu schleppen, ging Melody allein am Ende der Kolonne, die sich weit auseinandergezogen hatte. Ganz vorn marschierten die Streber, die offenbar noch immer nicht genug hatten von Mr Freefiddles gesammeltem Wissen; in der Mitte folgten Ashley und ihr unentwegt plapperndes Gefolge; am Ende kamen die Übriggebliebenen.

Melody war ganz in Gedanken versunken. Wie konnte sie sich unbemerkt davonstehlen, um Agravain zu suchen? Mr Freefiddle beobachtete alles und jeden mit Adleraugen, und Ashley und ihren Schnepfen entging kaum etwas. Wenn die mitkriegten, dass Melody etwas vorhatte, dann …

„Na? Wie hat es dir gefallen?"

Sie zuckte zusammen, da sie so plötzlich jemand ansprach. Es war Colin. Das windzerzauste, schwarze Haar umrahmte sein sonnengebräuntes Gesicht. Er sah aus wie ein Pirat aus den Romanen, die Granny

Fay so gerne las und die Melody ihr manchmal heimlich stibitzte.

„Ach, du bist's", keuchte Melody und strich sich das rote Haar aus dem Gesicht.

„Entschuldige, ich wollte dich nicht erschrecken."

„Hast du auch nicht", sagte sie schnell, sah sich aber sofort argwöhnisch um. „Wo hast du denn deinen Schatten gelassen?"

„Du meinst Ashley?"

„Hm."

„Ehrlich gesagt bin ich ganz froh, sie mal los zu sein", meinte Colin mit einem verlegenen Lächeln. „Sie ist zwar ganz nett, aber ..."

„... nicht so nett wie ich", ergänzte Melody und hätte sich sofort am liebsten auf die Zunge gebissen. Was redete sie denn da für dummes Zeug?

„Stimmt genau", sagte Colin.

Eine Weile gingen sie nebeneinanderher. Die Abendsonne schien ihnen auf den Rücken und ließ sie lange Schatten werfen. Die Ödnis sah jetzt plötzlich aus wie in Gold getaucht.

„Und wie hat dir der Ausflug gefallen?", fragte Melody.

„Ganz gut."

„Hast du in Frankreich auch am Meer gelebt?"

„Nein, im Landesinneren. In einem *château* – einem Schloss."

„Echt?" Melody blickte ihn staunend an. „Dann ist deine Familie bestimmt wahnsinnig reich."

„Eigentlich nicht. Mein Vater war dort Verwalter, deswegen durften wir dort kostenlos wohnen. Aber nach seinem Tod mussten meine Mutter und ich das Schloss verlassen. Deshalb sind wir hergekommen."

„Was arbeitet deine Mutter?"

„Irgendwas mit Immobilien." Er verdrehte die Augen. „Frag mich nicht. Jedenfalls telefoniert sie den ganzen Tag und hat eigentlich nie Zeit."

„Das tut mir leid."

„Muss es nicht", sagte er. „Daran bin ich gewöhnt. So hab ich auch mehr Zeit für meine Freunde. Du musst mich mal besuchen kommen."

„Äh ... klar." Melody nickte, obwohl sie ihren Ohren kaum traute. Hatte der Junge, um den Ashley die ganze Zeit herumwuselte wie eine Ameise um einen Honigkuchen, sie gerade zu sich eingeladen?

Wow! Das musste sie erst mal verdauen ...

„Du leuchtest ja", sagte Colin auf einmal.

Oh nein!

Panisch betastete Melody ihr Gesicht. War sie so rot geworden, dass es sogar in der Dämmerung auffiel? Leuchtete sie etwa wie ein Glühwürmchen? Wie peinlich war das denn?

„Ich meine den Ring." Colin deutete auf ihre Hand. „Er hat gerade aufgeleuchtet."

„Echt?" Melody riss den Arm hoch und betrachtete den Stein – doch der schien unverändert.

„Nur für einen kurzen *moment*", antwortete Colin in seinem netten französischen Akzent.

Melody lächelte gequält. Das durfte doch nicht wahr sein! Die ganze Zeit über hatte sie auf ein Zeichen gewartet. Und als es endlich kam, war sie zu blöd, um im richtigen Augenblick hinzugucken. In Gedanken schimpfte sie mit sich selbst, während sie das Ganze herunterzuspielen versuchte.

„Du hast dich bestimmt geirrt", sagte sie. „Wahrscheinlich ist Sonnenlicht draufgefallen. Und da hat es so ausgesehen, als ob ..."

„Nein, nein", beharrte Colin, der noch immer fasziniert auf den Ring starrte. „Er hat richtig geleuchtet. Wie eine kleine Lampe. Ich schwör's!"

„Ja, das kommt davon, wenn man billigen Schmuck kauft oder den alten Trödel von seiner Großmutter aufträgt", quäkte auf einmal jemand und fuhr wie ein Blitz zwischen die beiden. Auch ohne die blonde Mähne und die pinkfarbene Allwetterjacke wäre Ashley McLusky nicht zu verwechseln gewesen.

„Ashley!" Melody holte tief Luft. „Wir beide unterhalten uns gerade, Colin und ich!"

„Eben", sagte die Klassenkönigin mit einem hämischen Grinsen. „Diesen schrecklichen Irrtum muss ich doch sofort aufklären."

„Welchen Irrtum?"

„Ja, glaubst du denn im Ernst, Colin will sich mit dir unterhalten, Campbell? Da stirbt er ja glatt vor Langeweile!"

„*Mais non*", wollte Colin widersprechen, „ich …"

Aber Ashley ließ ihn gar nicht zu Wort kommen. „Du musst dir unbedingt ansehen, was die Mädchen und ich gefunden haben, Colin. Oder willst du mir erzählen, dass dich Campbells kitschiger Plunder mehr interessiert?"

„Na ja, ich …"

„Dachte ich mir's doch!", tönte sie. Dann hatte sie ihn auch schon am Arm gepackt und fortgezogen, zurück in den Kreis ihrer schnatternden Gänse.

Melody blieb allein zurück.

Wütend sah sie den anderen nach. Ihre Hände ballten sich zu Fäusten. Am liebsten wäre sie Ashley hinterhergerannt und hätte ihr gesagt, was für ein widerwärtiges, selbstsüchtiges Ungeheuer sie war.

Aber dann wurde ihr klar, dass ihre Erzfeindin ihr eigentlich einen Gefallen getan hatte.

Schließlich hatte der leuchtende Ring sie ziemlich in Verlegenheit gebracht. Und was, wenn er wieder zu leuchten angefangen hätte? So erleichtert Melody darüber war, dass der Stein reagiert hatte, so sehr war ihr klar geworden, dass sie vorsichtig sein musste. Niemand außer Roddy durfte davon erfahren, am allerwenigsten

Ashley. Auch wenn das jetzt zur Folge hatte, dass sie mit Colin im Schlepptau davonzog.

„Ist das nicht komisch?", rief Lorna McKeen herüber, die ebenfalls am Ende der Kolonne ging. Sie hatte sich ein rosafarbenes Tuch um das glatte braune Haar gebunden. Wahrscheinlich hielt sie das für modisches Styling. Ashley und ihre Schar würden nur über sie lachen. Melody selbst hatte es schon vor langer Zeit aufgegeben, mit Ashley zu konkurrieren – lieber trug sie Jeans und karierte Hemden.

„Was ist komisch?", fragte sie zurück.

Lorna schnitt eine Grimasse. „Früher hatte Ashley ihren Pudel, jetzt hat sie Colin Lefay. Ich bin gespannt, wann sie ihn rosa färbt."

„Ja", stimmte Melody zu und lachte.

Aber eigentlich fand sie das gar nicht komisch.

Das Ding im Moor

Es hatte mal wieder Bratkartoffeln gegeben, sehr zu Lorna McKeens Begeisterung. Nach dem Abendessen wurde auf dem freien Platz zwischen den Zelten ein grosses Lagerfeuer angezündet, um das sich die Schüler in kleinen Gruppen versammelten. Für einen schottischen Sommer war es eine laue Nacht. Es regnete nicht, das Moor und das nahe Gebirge lagen unter einem klaren, glitzernden Sternenhimmel.

Es war ruhig am Feuer. Die meisten aus Melodys Klasse waren müde von der Wanderung, nur Ashleys Haufen schnatterte die ganze Zeit. Roddy war damit beschäftigt, ein neues Spiel auf seinem Smartphone zu zocken. Melody blickte immer wieder verstohlen in die Jackentasche, in der sie den Ring versteckt hatte. Wenn er tatsächlich aufgeleuchtet hatte, war Agravain in der

Nähe. Doch seine Stimme hatte sie noch immer nicht gehört.

Unruhig blickte sie sich um, als könnte der Greif jeden Moment am Lagerfeuer auftauchen. Das war natürlich völliger Blödsinn: Agravain wäre nie so unvorsichtig gewesen, sich offen zu zeigen. Wie mochte er inzwischen aussehen? Ob er noch größer geworden war? Und wie war es ihm in der Zwischenzeit ergangen?

Gedankenverloren starrte Melody in die Flammen, während Mr Freefiddle unablässig redete – über die Moorlandschaften Arrans und ihre Geschichte, über die Tiere, die dort lebten, und die Arten, die vom Aussterben bedroht waren. Dass ihm kaum jemand zuhörte, schien ihn nicht zu stören. Vielleicht lag das an den zwei Pint Bier, die er sich zum Abendessen genehmigt hatte. Irgendwann wurde er müde und zog sich in sein Zelt zurück. Natürlich nicht, ohne die Schüler vorher noch zu ermahnen, das Feuer zu löschen, ehe sie schlafen gingen.

Als er fort war, setzte eine eigenartige Stille ein, selbst Ashley und ihre Gänse schienen des Schnatterns allmählich müde zu sein. Nur das Knacken des Feuers war zu hören – und ab und zu das Piepsen eines Handys.

„Hey, Leute", meinte Troy Gardner schließlich und blickte Beifall heischend in die Runde. „Wie wär's mit einer Spukgeschichte?"

„Kennst du denn eine?", fragte Ashley, ohne den Blick von ihrem Handy zu nehmen, das sie mit beiden Daumen bearbeitete.

„Na ja", meinte Troy und schnitt eine Grimasse, die im Widerschein des Feuers tatsächlich ziemlich gruselig aussah. „Ich kenne da eine Geschichte von einem Wissenschaftler. Dem ist hier im Moor was ziemlich Übles passiert."

„Erzähl", verlangte jemand.

„Also, dieser Typ, der Wissenschaftler", begann Troy bereitwillig, „der hat so ein Experiment gemacht …"

„Was für ein Experiment?", wollte Roddy wissen.

„Irgendwas mit Reptilien, Schlangen und so weiter", erzählte Troy eifrig. „Er hat ihnen ihre DNX entzogen …"

„Das heißt DNS", verbesserte Roddy. „Desoxyribonukleinsäure."

Melody musste grinsen.

„Weiß ich doch", versicherte Troy etwas genervt. „Jedenfalls hat der Wissenschaftler daraus ein Serum gemacht, und das hat er dann an sich selbst ausprobiert. Und dann hat er sich verwandelt."

„In was?", fragte Kimberley gespannt.

„Weiß ich nicht. Keiner wusste das. Denn es sah einfach nur furchtbar aus." Troy verzog abermals das Gesicht, um zu verdeutlichen, was er meinte. Gleichzeitig hob er die Arme und spreizte die Finger. „Und weil er so furchtbar aussah, vertrieben ihn die Leute, und er flüchtete hinaus ins Moor. Dort treibt er noch heute sein Unwesen. Und weil er kein Mensch mehr ist, aber auch kein Tier, nennen ihn alle nur: das Ding aus dem Moor."

„Iiih!", machten Kimberley und Monique wie aus einem Mund.

„Ganz schön gruselig", sagte Ashley.

„Nicht wahr?" Troy nickte stolz.

„Es geht", kommentierte Roddy achselzuckend. „Den Film hab ich auch gesehen."

„Was soll das heißen, Brillenschlange?" Troy fuhr wütend hoch, die Hände schon zu Fäusten geballt.

„Dass er Recht hat." Offenbar hatte sich jemand unerwartet auf Roddys Seite geschlagen. Melody horchte auf.

Es war Colin.

„Ach ja?", fragte Troy.

„Das ist doch gar nichts", meinte Colin geringschätzig. „Soll ich euch mal eine Geschichte erzählen, bei der es euch richtig kalt über den Rücken läuft?"

„Aber ja", flötete Ashley, „das wäre wunderbar." Sie wedelte mit der Hand, als wollte sie ein lästiges Insekt verscheuchen. Troy setzte sich daraufhin wieder.

„Also gut." Colin rückte etwas näher ans Feuer, sodass die Flammen sein Gesicht beleuchteten. „In meiner Heimat Frankreich, vor etwa zweihundert Jahren", begann er mit gedämpfter Stimme, „da lebte eine richtige Prinzessin namens Yvette."

„Igitt?", fragte jemand.

„Schhht!", machte Ashley genervt.

„Also Yvette, die sollte einen Typ heiraten, den sie nicht liebte. Sie ging zu ihrem Vater, dem König, und beschwerte sich. Aber er bestand darauf, dass sie heiratete, denn es drohte ein Krieg auszubrechen und die Hochzeit sollte den Frieden sichern. Aber die Prinzessin hatte ihren eigenen Kopf: In der Nacht vor der Hochzeit lief sie davon, hinaus ins Moor. Sie nahm sich vor, niemals wieder zurückzukehren. Und so ist es dann auch gekommen, denn auf ihrer Flucht stürzte Yvette in ein Moorloch. Ganz langsam versank sie, und es heißt, sie hätte immerzu um Hilfe gerufen, aber niemand hätte sie gehört. Und weil sie nicht zurückkehrte, ist kurz darauf doch ein Krieg ausgebrochen, der viele Menschen das Leben gekostet hat. Deshalb heißt es, dass Yvettes Geist noch heute ruhelos das Moor durchstreift auf der Suche nach Vergebung. Und wer genau hinhört, der kann ihre Schritte hören. Vor allem Mädchen, die unglücklich verliebt sind."

Es war vollkommen still.

Die Handys hatten zu piepsen aufgehört.

Selbst Melody hatte der Geschichte gelauscht.

Alle gruselten sich, auch wenn das niemand zugegeben hätte.

„Also", ließ sich Troy Gardner schließlich vernehmen, „das ist der größte Schmalz, den ich je gehört habe. Total *cheesy*."

„Weil ein grober Klotz wie du nichts von Romantik versteht", blaffte Ashley ihn an und sandte Colin ein Lächeln. „Ich fand es wunderbar."

Melody verdrehte die Augen – was Ashley nicht verborgen blieb. „Dir hat es wohl nicht gefallen, Campbell?"

„Doch", sagte Melody und stand auf. „Aber ich wollte grade schlafen gehen."

„Ja, geh nur, du Langweilerin!", rief Ashley ihr nach. Ihre Freundinnen kicherten. „Schlaf gut zwischen Zwiebeln und Kartoffeln."

Die anderen kicherten noch mehr. Lorna McKeen wurde rot und vergrub ihr Gesicht in den Händen.

Melody erwiderte nichts. So war Ashley eben, das ließ sich nicht ändern. Sie nickte Roddy zu, dann ging sie zu ihrem Zelt und kroch in den Schlafsack.

Blöderweise hatte Ashley Recht. Selbst wenn Lorna nicht da war, roch es hier nach Bratkartoffeln. Ihr Schlafsack, ihre Tasche – alles roch irgendwie danach.

Melody versuchte, durch den Mund zu atmen, und wartete ab. Nach einer Weile begannen die andern draußen am Feuer zu singen. Jemand spielte Gitarre, die Mädchen sangen lauthals dazu, allen voran Ashley, so falsch, dass es in den Ohren wehtat.

Irgendwann war ein Zischen zu vernehmen, das Feuer erlosch.

Die Schüler verteilten sich auf die Zelte. Auch Lorna kam herein und wickelte sich in ihren Schlafsack, was den Bratkartoffelgeruch nur noch verstärkte. Vereinzelt war hier und dort noch ein Tuscheln oder Kichern zu hören, dann wurde es ruhig auf dem Campingplatz.

Melody wartete noch, bis sie ganz sicher sein konnte, dass auch Lorna eingeschlafen war. Dann stand sie leise auf, zog ihre Gummistiefel an und die Allwetterjacke über und verließ das Zelt.

Die Nacht war noch immer sternenklar. Blaues Mondlicht tauchte die Zelte in einen fahlen Schein. Und als Melody den Ring wieder aus der Tasche zog, leuchtete er – so blau und intensiv wie seit Langem nicht mehr.

„Agravain", flüsterte sie.

Ihr Herz schlug schneller.

Sie benutzte den Stein als Wegweiser: Sobald das Leuchten schwächer wurde, änderte sie die Richtung und ging dorthin, wo es am stärksten war. Auf diese Weise gelangte sie in die zerklüftete Landschaft des nahen Moors.

Ausgerechnet.

„Mensch, Agravain", flüsterte Melody. „Hättest du dich nicht irgendwo am Meer verstecken können?"

Ob der Greif sie hören konnte, wusste sie nicht. Aber

der Stein führte sie immer tiefer ins Moor. Überall waren Felsen verstreut, die im Mondlicht wie Trolle aussahen. Hier und da ragten abgestorbene Bäume wie Knochenfinger auf. Karges Gras wogte im Nachtwind. Ihr leises Rauschen wurde begleitet von dem schmatzenden Geräusch, das Melodys Gummistiefel bei jedem Schritt machten. Und als wäre das alles noch nicht genug, kam von der See her Nebel landeinwärts gekrochen und legte sich zäh übers Land.

Längst schon war Melody außer Sichtweite des Campingplatzes und bewegte sich auf die nahen Berge zu. Je weiter sie ging, desto weicher und morastiger wurde der Boden, und ihre Tritte wurden vorsichtiger.

Unwillkürlich musste Melody an Colins Geschichte denken und an das, was der armen Prinzessin widerfahren war. Noch heute, hatte Colin erzählt, konnten Mädchen, die unglücklich verliebt waren, ihre Schritte hören …

Moment mal!

Melody blieb stehen.

War da nicht gerade ein Geräusch gewesen?

Sie fuhr herum und spähte in den immer dichter werdenden Nebel. Aber nichts war zu hören.

„Schwachsinn", schalt sie sich selbst und ging weiter. Den Ring trug sie vor sich her wie eine kleine Lampe.

Plötzlich wieder ein Geräusch.

Das Schmatzen von Schritten.

Ganz deutlich.

Hinter ihr.

Melody fuhr herum. Die Haare sträubten sich ihr, als sie im Mondlicht eine Gestalt auf sich zukommen sah! Eine Gestalt mit leuchtend blauen Augen und einer wilden Mähne, die ihr Gesicht umgab. Melody wollte schreien, aber sie konnte nicht.

„Yvette", war alles, was ihr über die Lippen kam.

„Was?", fragte die Gestalt, die abrupt stehen blieb.

Melody kannte die Stimme – und sie gehörte ganz bestimmt keiner Prinzessin.

„Roddy", stieß sie hervor, halb vorwurfsvoll, halb erleichtert. „Was hast du denn hier zu suchen?"

„Ich wollte dich begleiten", erklärte der Junge. Seine Brillengläser hatten wohl das Licht des Ringes reflektiert. Deshalb hatte es so ausgesehen, als ob er blaue

Augen hätte. Und sein Haar war so wirr und wild wie immer. „Oder willst du lieber allein nach Agravain suchen?"

„Nein", erklärte Melody rasch. Sie war nur unendlich erleichtert, in diesem unheimlichen Moor nicht mehr allein zu sein. „Bitte entschuldige. Ich dachte nur ..."

„Was?" Er grinste schief. „Dass isch ün fronsösisch Prünzess bün?", fragte er und machte dabei Colins Akzent nach.

„Quatsch", wehrte sie ab, wurde aber trotzdem rot. „Ich wusste nur nicht, ob ..."

Plötzlich gab es ein neues Geräusch: ein Rauschen, als ob ein Sturm losbrechen wollte! Tatsächlich bogen sich plötzlich alle Gräser. Mond und Sterne schienen zu verlöschen.

Nun war es Roddy, der mächtig erschrak.

„Hilfe!", piepste er, während er sich bäuchlings auf den Boden warf, mitten in den Morast. Gleichzeitig schwebte eine riesige Gestalt aus dem nächtlichen Himmel herab und landete unmittelbar vor ihnen auf dem Boden, so weich und geräuschlos wie eine Feder.

„Agravain!", rief Melody.

Noch einmal schlug der Greif mit den mächtigen, federbesetzten Schwingen, ehe er sie an seinen schlanken Löwenkörper legte. Er war nun größer als ein Pferd. Dann legte er das adlergleiche Haupt in den Nacken, öffnete den Schnabel und stieß einen Ton aus, wie Melody ihn noch nie zuvor gehört hatte: eine Ehrfurcht gebietende Mischung aus dem Gebrüll eines Löwen und dem Schrei eines Adlers.

Unwillkürlich wich sie zurück.

Da wandte Agravain den Kopf und sah sie an – und als sie in seine Augen blickte, war ihre Furcht auch schon verflogen. Denn sie erkannte darin nicht nur Wildheit und Stärke, sondern auch Güte und Freundschaft.

„Hallo, Agravain", sagte sie leise.

„*Hallo, Melody*", erwiderte er.

Agravain

Der Greif stand vor ihnen, kraftvoll und mächtig. Das Haupt mit dem gefährlichen Schnabel hielt er leicht gesenkt. Die dunklen, unergründlichen Augen sahen Melody an.

„*Bitte entschuldige*", hörte Melody Agravains Stimme in ihrem Kopf. „*Ich wollte euch nicht erschrecken.*"

„Keine Sorge, das hast du nicht", versicherte Melody, die ihr Glück kaum fassen konnte. Es war, als hätte sie etwas wiedergefunden, was sie vor langer Zeit verloren hatte. „Ich bin nur froh, dass du endlich wieder da bist, lieber Freund."

„Du hast uns nicht das kleinste bisschen erschreckt", beeilte sich Roddy zu versichern, obwohl er gerade erst wieder mühsam auf die Beine kam und sich den Dreck von den Kleidern klopfte. „Ich wusste gleich, dass du es bist. Ich wollte nur kurz mal testen, wie weich der Boden ist."

Melody konnte ihre Augen nicht von Agravain wenden. War das wirklich derselbe Greif, der vor drei Monaten in ihrem Zimmer im Stone Inn aus dem Ei geschlüpft war? Das zerzauste kleine Ding, das sie erst mal in einen alten Vogelkäfig gesperrt hatte?

„Wie groß du geworden bist!", staunte sie, während sie ganz vorsichtig näher trat.

„Vielen Dank, ich bin jetzt ausgewachsen", erwiderte der Greif stolz. Er legte das Haupt zurück und streckte die Brust heraus, sodass er noch größer und beeindruckender wirkte.

„Und wie schön", fügte Melody hinzu, während sie die Hand ausstreckte und ihn berührte.

„Du aber auch", sagte Agravain nur.

„Findest du?" Melody blickte an sich herab. Sie fand, dass sie aussah wie immer: dieselbe jungenhafte Gestalt, dasselbe blasse Gesicht mit den Sommersprossen, umrahmt von rotem Haar. Trotzdem musste sie lächeln.

Dann fiel ihr ein, was sie in den Taschen ihrer Jacke hatte. „Warte", rief sie, „ich hab dir was mitgebracht!" Sie zog einen großen Beutel Dörrfleisch hervor. „In Honig-Senf-Marinade", erklärte sie. „Deine Lieblingssorte."

In Agravains Augen blitzte es begehrlich. *„Das ist*

aber nett", meinte er und riss den Schnabel so weit auf, dass Melody und Roddy wieder einen Schritt zurückwichen. „*Nun?*", fragte er ungeduldig.

Melodys Blick wanderte von seinem Riesenschnabel zu dem Beutel in ihrer Hand. Wehmütig dachte sie an die Zeiten zurück, da sie ihm Happen für Happen ins Schnäbelchen gesteckt und er sich jedes Mal mit einem Gurren bedankt hatte. Diese Zeiten waren wohl endgültig vorbei. Seufzend trat sie vor und schüttete ihm den ganzen Beutelinhalt auf einmal in den Schlund.

„*Danke*", meinte Agravain mit vollem Maul. Er warf den Kopf in den Nacken und schluckte. Dann drang aus seiner Kehle ein tiefer Laut, der immer noch an ein Gurren erinnerte.

Da überwand Melody ihre Scheu. Sie trat vor, umarmte ihn und presste sich an sein weiches Brustgefieder. Wie oft hatte sie sich in letzter Zeit unverstanden und allein gelassen gefühlt … Aber das war nun vorbei.

„Ich hab dich vermisst", flüsterte sie.

„*Ich weiß*", erwiderte er. „*Ich dich auch, Melody.*"

„Warum bist du nicht eher gekommen?" Sie trat wieder zurück und blickte an ihm hoch. „Es kam mir schon langsam so vor, als hätte ich mir das alles bloß eingebildet."

„*Weil es so viel herauszufinden gab*", antwortete der Greif ernst. „*So viel, was ich dir erklären muss, aber nicht hier und nicht jetzt. Das wäre viel zu gefährlich.*"

„Aber wir haben uns doch extra hier im Norden getroffen, damit wir unbeobachtet sind", wandte Melody ein.

„*Trotzdem müssen wir vorsichtig sein. Der Feind hat seine Augen und Ohren überall*", erwiderte Agravain, während er sich argwöhnisch umblickte. Doch außer Felsbrocken, toten Bäumen und wogendem Gras war im Halbdunkel nichts zu erkennen. „*Wir müssen rasch von hier fort.*"

„Wie?", fragte Melody. „Und wohin?"

„*Wie wär's mit Fliegen?*" Der Greif legte den Kopf schief und sah sie so herausfordernd an, wie er es schon als Küken getan hatte.

„Ge-geht das denn?" Melody konnte nicht verhindern, dass sie vor Aufregung stotterte. Wie oft hatte sie schon davon geträumt zu fliegen, auf den Schwingen des Windes dahinzujagen und die Berge, Wälder und Moore der Insel von oben zu sehen. Aber niemals hätte sie zu hoffen gewagt, dass …

„*Natürlich*", sagte Agravain nur. Er spreizte seine Flügel ein wenig vom Körper ab und beugte die Vorderläufe, sodass Melody bequem auf seinen Nacken klettern konnte. „*Schließlich haben meine Vorfahren auch Greifenritter in die Schlacht getragen.*"

Melody nickte. In einer Vision der Vergangenheit hatte sie gesehen, wie ein Ritter in voller Rüstung auf dem Rücken eines Greifen geflogen war. Erst später hatten sie herausgefunden, dass dies ein Ritter aus König Artus' legendärer Tafelrunde gewesen war. Und dass sein Reittier niemand anders als Agravains Mutter gewesen war ...

„*Allerdings muss ich zugeben, dass du mein erster Reiter bist*", gab Agravain zu. „*Also wie steht es? Willst du es ausprobieren?*"

Schon wollte Melody aufsteigen, da sprang Roddy vor und hielt sie zurück.

„He!" Er sah ziemlich besorgt aus.

„Was ist denn?"

„Bist du sicher, dass das 'ne gute Idee ist?", fragte Roddy zweifelnd. „Ich meine ..."

„*Roddy kann natürlich auch mitfliegen*", sagte Agravain. „*Das versteht sich doch von selbst.*"

„Du kannst mitkommen", übersetzte Melody. Roddy konnte die Stimme des Greifen ja nicht hören. „Mitkommen?" Roddys Blick wanderte von Melody zu Agravain und wieder zurück. Die Brille bebte dabei auf seiner Nase."

„*Natürlich, das ist kein Problem.*"

„Ist kein Problem", dolmetschte Melody.

„Ja klar", erwiderte Roddy und knetete verlegen die Hände. „Aber irgendwer muss ja hier unten am Boden die Stellung halten. Ich meine, du weißt schon ..." Er sah Melody auffordernd an – und sie verstand.

Roddy war nicht schwindelfrei. Schon auf dem

Kirchturm von Brodick bekam er Panik. Melody würde nie vergessen, wie er in der vierten Klasse mal vom Riesenrad gereihert hatte. Allein der Gedanke, in ein Flugzeug zu steigen, brachte ihn an den Rand eines Nervenzusammenbruchs. Und jetzt sollte er mal eben auf den Rücken eines Greifen steigen und sich mir nichts dir nichts in die Lüfte schwingen?

Es wäre leicht gewesen, über Roddy zu lachen, so flehend schaute er drein. Aber Melody wollte ihren Freund nicht bloßstellen. „Gute Idee", antwortete sie deshalb. „Du kannst ja ein anderes Mal mitfliegen, wenn du willst. Wir sehen uns dann im Zeltlager."

„Alles klar", ächzte er.

Melody wandte sich Agravain zu, der nickte und sich noch ein wenig tiefer beugte. Indem sie ihren Fuß auf sein rechtes Knie setzte und sich am Fell festhielt, gelang es ihr, auf seinen Nacken zu steigen.

„*Halt dich gut fest*", ermahnte Agravain sie. Und noch ehe sie sichs versah, stand er auf den Hinterbeinen und breitete die Flügel aus. Dann stieß er sich auch schon vom Boden ab und schoss fast senkrecht hinauf in den dunkelblauen Sternenhimmel.

Nördlich der Bucht von Lochranza auf einer hohen Felsklippe stand ein alter Leuchtturm. Schon seit vielen Jahren war er nicht mehr in Betrieb. Das Signal war erloschen, die Glasscheiben waren zerbrochen, die Fenster mit kreuz und quer genagelten Brettern verschlossen. Die eisernen Stufen, die außen am Turm in die Höhe führten, waren alt und brüchig. Rost hatte das Geländer zerfressen. Erst im vergangenen Jahr war ein Tourist vom Festland abgestürzt und hatte sich beide Beine gebrochen. Seitdem war der Zugang zum alten Leuchtturm gesperrt.

Dennoch stand gerade jemand oben auf der Aussichtsplattform. Eine einsame, dunkle Gestalt, die reglos durch ein Nachtsichtgerät landeinwärts in Richtung Berge spähte.

Als sie genug gesehen hatte, griff sie nach dem Funkgerät, das an ihrem Gürtel befestigt war. „Hier Posten siebzehn", sprach sie leise hinein. „Wir haben ihn. Ich wiederhole: Der Greif wurde gesichtet. Unternehmen *Chimäre* beginnt."

Draußen auf See, vom Mantel der Nacht verborgen, änderte daraufhin ein Schiff seinen Kurs und näherte sich dem alten Leuchtturm.

Wieder vereint

Melody musste an sich halten, um ihr Glück nicht einfach laut in die Nacht hinauszuschreien.

Sie hatte sich dicht zu Agravains Kopf herabgebeugt und die Arme um seinen Hals geschlungen. Kalter Nachtwind blies ihr ins Gesicht und zerzauste ihr Haar. Doch sie spürte die Kälte nicht, denn sie klammerte sich fest an Agravains warmes Fell und Gefieder. Mit jedem mächtigen Flügelschlag ging es weiter hinauf, den Sternen entgegen. Dennoch fühlte sich Melody geborgen und sicher, beinahe wie früher, als sie noch ein kleines Kind gewesen war und auf Granny Fays Schoß gesessen hatte.

Die Welt unter ihnen war winzig klein geworden. Einzelheiten konnte Melody längst nicht mehr erkennen. Sie sah nur noch dunkle Flecken, wo sich Felsen und Hügel erhoben, und helle, wo der Nebel in die Senken gekrochen war. Und wenn sie zurückblickte, konnte sie im Nordwesten eine Ansammlung von Lichtern ausmachen – den Ort Lochranza, der zwischen der Felsenküste und dem rauen Marschland lag.

Agravains Ziel jedoch lag genau in der entgegengesetzten Richtung – es waren die Hänge des Caisteal Abhail, die zuerst noch ganz sanft und dann immer steiler anstiegen, ehe sie von schroffen Felsen gekrönt wurden. Auf sie hielt der Greif zu, dort würden sie ungestört sein.

Melody genoss jeden Augenblick des Flugs. Und das, obwohl sie auf dem Rücken eines gefährlichen Tiers saß und unter ihr nichts als gähnende Leere war.

Aber Melody hatte keine Angst. Es kam ihr vor, als hätte sie ihr ganzes Leben lang nur darauf gewartet, auf dem Rücken eines Greifen zu sitzen und mit ihm durch die Nacht zu fliegen.

Schwerelos.

Endlos ...

Deshalb war sie beinahe enttäuscht, als Agravain sich im Gleitflug einem schmalen Berggipfel näherte.

„*Wir landen*", kündigte er an.

„Jetzt schon?", fragte Melody.

Der Greif musste lachen. Seine Stimme klang nicht mehr wie die eines Kindes, sondern wie die eines jungen Mannes. „*Willst du die ganze Nacht fliegen?*"

„Am liebsten bis ans Ende der Welt", sagte sie. „Auf jeden Fall aber ganz weit weg von allem, was mich bedrückt und was mir Angst macht."

„*Das verstehe ich gut.*" Der Greif bog nun seine Schwingen zurück und ging in einen Rüttelflug über, der ihn verlangsamte und schließlich fast auf der Stelle schweben ließ, bis seine Hinterpranken sanft auf dem Felsen aufsetzten.

Er lief noch ein paar Schritte, dann blieb er stehen und bückte sich, damit Melody absteigen konnte.

Melodys Knie zitterten. Ihr Gesicht war heiß, ihr Herz pochte heftig. Sie wusste nicht, ob sie schreien oder schweigen, lachen oder weinen sollte. Am liebsten hätte sie alles gleichzeitig getan. Sie hatte das Gefühl, ihre Zeit und ihre Welt verlassen zu haben. Die Täler, der Nebel und die See, die in der dunklen Ferne glitzerte – all das war weit entfernt.

Den eisigen Wind, der über den Gipfel fegte, bemerkte sie erst nach einer Weile. „Mir ist kalt", sagte sie, worauf Agravain sich niederließ und einen Flügel hob, sodass sich darunter eine Höhle bildete. Im nächsten Moment war Melody auch schon von weichem Fell und wärmenden Federn umhüllt.

Eine Weile lang saßen sie so und blickten zum Sternenzelt hinauf.

„*Hat dir der Flug gefallen?*", fragte Agravain schließlich.

„Das war überwältigend", erwiderte Melody. Es war das einzige Wort, das ihr einfiel. Aber es beschrieb nicht annähernd, was sie empfand.

„*Nur sehr wenige Menschen waren Greifenreiter*", fuhr Agravain fort. „*Du gehörst jetzt zu ihnen.*"

Melody nickte, stolz und glücklich zugleich.

„*Aber das bringt dich leider auch in Gefahr*", fuhr Agravain fort und seine Stimme klang besorgt.

„Ist das der Grund, warum du dich so lange nicht hast blicken lassen?", fragte Melody.

„*Ja.*" Agravain nickte und drehte sein Haupt zu ihr. „*Mein Versprechen, dich zu beschützen, habe ich nicht vergessen. Ich bin nie weit fort gewesen, aber ich konnte mich dir auch nicht zu erkennen geben. Der Drachen-*

orden hat seine Spione überall. Und er ist noch sehr viel gefährlicher, als ich dachte."

„Inwiefern?", fragte Melody, obwohl sie gar nicht sicher war, ob sie die Antwort wissen wollte.

„*Diese Leute sind die Nachfahren jener Menschen, die einst das dunkle Zeitalter heraufbeschworen. Wäre es nach ihnen gegangen, würden die Menschen noch heute mit Ochsenkarren reisen und weder lesen noch schreiben können. Es gäbe kein Recht und kein Gesetz. Die Starken würden über die Schwachen herrschen und der Orden der Drachen hätte das Sagen.*"

„Eine schreckliche Vorstellung", murmelte Melody.

„*Deshalb haben die Greifen einst in den Kampf eingegriffen und sich auf die Seite von König Artus gestellt. Er und seine Ritter bekämpften die Dunkelheit und gaben so den Menschen wieder Hoffnung*", berichtete Agravain weiter. „*Die Drachen jedoch, die genau wie wir Greifen der Anderwelt entstammen, kämpften für das Chaos. Ein furchtbarer Krieg war die Folge, den die Streiter des Lichts schließlich für sich entschieden. Die Drachen wurden vorläufig besiegt, aber der Preis war hoch: Der letzte Greif verlor sein Leben.*"

„*Deine Mutter*", ergänzte Melody traurig.

„*Ihr Name war Perpetrica*", erwiderte Agravain. „*Das weiß ich jetzt, so wie vieles andere.*"

„*Was glaubst du?*"

„*Dass das Opfer meiner Mutter vielleicht umsonst*

war", gab Agravain düster zur Antwort, *„und dass ich nicht das einzige Wesen der Anderwelt bin, das in der Menschenwelt weilt."*

„Wovon sprichst du?", fragte Melody verwirrt. Agravain war anders geworden seit ihrer letzten Begegnung. Er kam ihr älter vor, reifer ...

„Die Spione des Drachenordens arbeiten nach einem festen Plan", erzählte er weiter. *„Sie haben ein Geheimversteck und sind gut organisiert ... Aber da ist noch etwas anderes, was mir Sorgen macht. Ich spüre eine Bosheit in der Welt, die nichts Menschliches mehr hat. Sie ist roh und grausam ..."*

„Du machst mir Angst." Melody begann trotz ihres warmen Unterschlupfs wieder zu frösteln.

„Ich habe auch Angst", gestand Agravain, was sie nur noch mehr bestürzte. *„Alle Erinnerungen meiner Mutter und der Greifen vor mir sind auf mich übergegangen. Sie lassen nur einen Schluss zu: dass sich in den Reihen des Ordens ein Drache befindet."*

„Ein Drache?" Melody glaubte, nicht richtig zu hören. „Du meinst, ein richtiger Drache? Der Feuer speit und ..."

„... fliegen kann", fügte Agravain hinzu. *„Genau wie ich. Und genau wie ich hat er überlebt."*

„Aber das ... das ist unmöglich!"

„Wieso?", fragte Agravain und legte einmal mehr den Kopf schief. *„Mich gibt es doch auch!"*

„Und dieser Drache … befindet sich wirklich im Besitz des Ordens?"

„*Das glauben zumindest die Mitglieder des Drachenbundes. Nur leider ist es in Wahrheit genau umgekehrt: Der Drache steuert ihre Handlungen, macht sie unberechenbar und böse. So haben es die Drachen immer gehalten. Stets haben sie den Menschen vorgemacht, diese hätten einen eigenen Willen. Dabei waren es immer die Drachen, die im Verborgenen die Fäden gezogen haben.*"

„Und da bist du dir ganz sicher?"

„*Vielleicht irre ich mich ja*", gab Agravain zu. „*Ich wünschte es mir beinahe. Aber in den alten Tagen wäre beinahe alles verloren gewesen, weil die Menschen so unvorsichtig waren. Sir Agravain, der Greifenritter, dessen Namen ich trage, wurde hier auf dieser Insel in eine Falle gelockt. Er konnte nur überleben, weil sich meine Mutter für ihn geopfert hat. Nur so konnte Malagants gemeiner Plan vereitelt werden – er darf niemals Wirklichkeit werden.*"

„Wessen Plan?", fragte Melody.

„*Malagant. Er war einst selbst Ritter in König Artus' Tafelrunde. Aber dann verriet er sie und wurde ein Kämpfer des Drachenordens. Ein Drachenreiter …*"

„Malagant", überlegte Melody laut. „Der Name kommt mir bekannt vor …"

„*Ich weiß*", sagte Agravain nur.

Plötzlich fiel es Melody wie Schuppen von den Augen. „Natürlich!", rief sie. „Malagant ... Malcolm Gant! Ist er etwa ...?"

„*Ein Nachkomme des Verräters*", bestätigte Agravain traurig.

„Aber dann ..." Melody sprang panisch auf und schlüpfte unter Agravains schützenden Schwingen hervor. Ihre Gedanken rasten, während der Nachtwind an ihr zerrte. „Dann muss ich sofort Granny Fay anrufen und sie warnen!", rief sie und zückte ihr Handy. Es war zwar war mitten in der Nacht, aber in diesem Fall ...

„*Warte, Melody*", ermahnte Agravain sie, „*du kannst hier nicht ...*"

„Kein Empfang", stellte Melody in diesem Moment fest. Sie hielt das Gerät hoch und drehte sich, aber nichts geschah. „Kein Netz."

„*Das ist einer der Gründe, warum wir hier oben sind*", sagte Agravain. „*Du musst dir aber keine Sorgen um deine Großmutter machen. Da sie nichts weiß, ist sie nicht in Gefahr. Und Gant ist selbst nur ein Teil der Verschwörung und noch nicht einmal der wichtigste. So viel habe ich zumindest über den Drachenbund herausgefunden: An seiner Spitze muss eine sehr mächtige Person stehen, die vor keiner Untat zurückschreckt – nicht einmal vor Mord.*"

Melody merkte, wie ihr die Knie weich wurden. Instinktiv flüchtete sie sich wieder unter Agravains Fittiche. *„Tut mir leid, ich wollte dir keine Angst machen"*, beteuerte der Greif. *„Aber du musst wissen, mit welchem Feind wir es zu tun haben."*

Melody nickte krampfhaft.

Bisher war alles nur ein Spiel für sie gewesen. Ein gefährliches, aber ziemlich interessantes Spiel. Nun dämmerte ihr langsam, dass die Bedrohung echt war.

„Und Mr Clue?", sagte sie mit heiserer Stimme. „Haben sie ihn etwa …?"

„Ich weiß es nicht", gestand Agravain. *„Möglich wäre es. Der Orden ist in den letzten Jahrhunderten nicht untätig gewesen. Er hat alles vorbereitet."*

„Alles?" Melody blickte zu ihm auf. „Was heißt das?"

„Der Orden plant etwas, schon die ganze Zeit über", erklärte der Greif. *„Wie damals will er die Welt ins Dunkel stürzen. Und nur eins scheint ihm zur Durchführung seiner Pläne zu fehlen."*

„Und das wäre?"

Agravain sah Melody traurig an.

„Ich", flüsterte er.

Böse Überraschungen

Roddy hatte Melody und dem Greifen nachgeblickt, bis sie am dunklen Himmel verschwunden waren.

Einerseits war er erleichtert, andererseits ärgerte er sich über sich selbst. Man bekam schließlich nicht alle Tage das Angebot, auf dem Rücken eines waschechten Greifen zu fliegen. Es hätte das Abenteuer seines Lebens werden können.

„Aber nein", murmelte er wütend vor sich hin, während er den Rückweg zum Campingplatz antrat, „du musstest es dir ja mal wieder versauen, MacDonald. Reife Leistung, echt wahr."

Er folgte dem schmalen Pfad, der sich zwischen Felsen und verkrüppelten Bäumen hindurchschlängelte. Dabei benutzte er sein Handy als Taschenlampe. Doch der schwache Lichtschein wurde schon nach wenigen

Metern vom Nebel verschluckt. Nur gut, dass die Kompassfunktion Roddy zuverlässig die Richtung zurück zum Campingplatz wies. Allerdings half sie nichts gegen die Furcht, die ihn beschlich.
Überall unheimliche Geräusche:
Hier ein Knacken.
Dort ein Plätschern.
Der heisere Schrei einer Krähe.
Und ständig das Schmatzen seiner eigenen Schritte im Morast.
„Ruhig bleiben, MacDonald", sprach er sich selber Mut zu. „Kein Grund zur Aufregung. Alles in Ordnung."
Er erschrak trotzdem, als aus dem milchigen Weiß plötzlich etwas aufragte, was wie ein dürres Skelett aussah, mit vier langen Armen. Dass es nur ein abgestorbener Baum war, erkannte Roddy erst ein paar Sekunden später.
Was am Tag ganz harmlos aussah, nahm in Dunkelheit und Nebel bedrohliche Formen an. Und da Roddy eine blühende Fantasie hatte, tauchten aus dem Weiß nun Trolle, Zombies, Werwölfe und andere wilde Wesen auf. Er wünschte sich, er hätte weniger Gruselfilme geguckt und weniger Computerspiele mit Monstern gespielt. Zu allem Überfluss machte auch noch der Akku seines Handys schlapp.
„So ein Mist." Roddy blieb stehen und schüttelte das

Gerät, aber es half nichts. Den Kompass konnte er im Energiesparmodus nur mit Mühe lesen. Noch zwanzig Minuten Fußmarsch, und dann …

Was war das?

Roddy konnte deutlich das Schmatzen von Schritten hören, obwohl er selbst sich nicht rührte.

Er lauschte …

Tatsächlich! Die Schritte kamen direkt auf ihn zu!

„Mel-Melly?", krächzte er. Ein dicker Kloß saß ihm im Hals. „Bist du das?"

Keine Antwort.

Aber das Schmatzen ging weiter.

Matsch … matsch … matsch …

„Melody?", fragte Roddy noch einmal. Er ließ den Lichtschein des Handys, der nur noch eine Armlänge weit reichte, kreisen. Doch er konnte nichts erkennen. Dann flackerte es – und mit einem letzten kläglichen Piepsen ging das Handy aus.

Atemlos, mit hämmerndem Herzen und Schweiß auf der Stirn, stand Roddy in der Dunkelheit und starrte auf die bleiche Wand, die ihn umgab, während sich die Schritte weiter näherten … und plötzlich konnte er etwas erkennen!

Eine schemenhafte Gestalt, schlank und groß.

Sie hatte langes Haar und trug ein weites weißes Gewand. Die Arme hielt sie nach vorne ausgestreckt, als ob sie schlafwandeln würde!

Schlagartig musste Roddy an die Geschichte von der unglücklichen Prinzessin denken, die im Moor spukte.

„Yvette", stieß er atemlos hervor.

Grauen packte ihn. Er wollte davonlaufen, aber er konnte sich nicht rühren. Sein Pulsschlag raste, die Haare standen ihm zu Berge. Wie gebannt starrte er die grässliche Gestalt an, die sich aus dem Nebel schälte. Jetzt konnte er blondes Haar erkennen und ein leichenblasses Gesicht mit dunklen Augenhöhlen wie bei einem Totenschädel ...

Roddy konnte nicht anders, als laut aufzuschreien. Gleichzeitig merkte er, wie etwas feucht und warm an seinem Hosenbein herabrann. Aber das war ihm egal. Von Grauen geschüttelt wich er zurück, bis er gegen einen Felsen stieß. Tränen schossen ihm in die Augen.

„Nein, nein! Bitte nicht!", flehte er, während die Gestalt ... plötzlich in schallendes Gelächter ausbrach.

Und nicht nur sie. Überall hinter den umliegenden Felsen gingen plötzlich Lichter an, und aus allen Richtungen war schallendes, schadenfrohes Gelächter zu hören.

„Was? Wie ...?" Roddy, der am ganzen Körper zitterte, begriff überhaupt nichts. Fassungslos blickte er um sich. Als nun das vermeintliche Gespenst auf einmal mit festen Schritten auf ihn zutrat, ging Roddy endlich ein Licht auf. Eine helle Stimme keifte: „Ehrlich, MacDonald! Ich hab ja immer gewusst, dass du ein echtes Baby bist. Aber das hier ist ja wirklich das Allerletzte!"

„A-Ashley?", rief Roddy, den ein halbes Dutzend Taschenlampen-Apps beleuchtete, sodass er die geblendeten Augen mit der Hand beschirmen musste. Kein Zweifel: Die Prinzessin aus dem Moor war niemand anders als die Klassenkönigin. Ihr blondes Haar hatte sie hochgebunden, sodass es wirr nach allen Seiten stand. Das Gesicht hatte sie weiß bemalt, den Bereich um die Augen herum dunkel geschminkt. Ihr hagerer Körper war in ein weißes Tuch gewickelt.

Billiger ging's nicht. Und er war drauf reingefallen ...

„Seht ihr das, Leute?", rief Ashley, die jetzt direkt vor ihm stand. „Er hat sich vor Angst in die Hosen gepinkelt!"

Jetzt kamen sie alle aus ihren Verstecken: Monique und Kimberley, Sondra, Laurel, Miles, Troy und wie sie alle hießen. Ihr Licht hielten sie auf Roddys durchnässte Jeans gerichtet, viele bogen sie sich schier vor Lachen.

Roddy versuchte, tapfer zu bleiben, aber es gelang ihm nicht recht. Tränen benetzten seine Brille und rannen ihm über die Wangen. Prompt rief Troy lauthals: „Heulsuse!" Im Nu bildete sich ein Chor, der „Heulsuse! Heulsuse! Heulsuse!" sang. Dann wurde geblitzt und fotografiert.

Und im nächsten Augenblick war der Albtraum auch

schon wieder vorbei. So plötzlich, wie sie über ihn hergefallen waren, zogen Ashley und ihre Gang sich wieder zurück. Scherzend und noch immer wie von Sinnen lachend verschwanden sie in Dunkelheit und Nebel. Noch ein paar Minuten lang geisterte ihr Geschrei durch die Nacht, dann verstummte es.

Roddy blieb allein zurück. Zitternd sank er in sich zusammen. Wie lange er da so im Schlamm gehockt hatte, das Gesicht in den Händen vergraben, wusste er später nicht mehr. Er begann zu frieren, weil seine Kleider nass waren. Es half alles nichts, er musste ins Zeltlager zurück.

Stöhnend rappelte er sich hoch und marschierte dann weiter in die Richtung, die der Kompass ihm zuletzt gewiesen hatte. Er war noch nicht weit gekommen, da näherten sich ihm erneut Schritte.

Diesmal hatte Roddy keine Angst, er war einfach nur wütend.

„Ihr blöden Idioten!", rief er und stampfte in die Richtung, in der er Ashley und ihre Bande vermutete. „Habt ihr denn noch immer nicht genug? Wollt ihr mich noch mal verarschen? Dann kommt nur her, ich werd's euch zeigen!"

Seine Worte verhallten ungehört.

„Habt ihr's immer noch nicht kapiert?", maulte Roddy weiter. „Ihr könnt mir keine Angst mehr einjagen! Ich weiß jetzt, dass ihr …"

Er verstummte sofort, als mehrere Gestalten aus dem Nebel traten. Die hier gehörten bestimmt nicht zu seiner Klasse, denn es waren alles Erwachsene mit kahl geschorenen Köpfen.

Und es war auch kein Scherz.

Sondern bitterer Ernst.

Der Anruf

Agravains dunkle Augen ruhten auf Melody, wissend und traurig zugleich. *"Anfangs dachte ich, dass der Drachenorden nur deshalb hinter mir her ist, weil ich der Sohn meiner Mutter bin. Weil ich gegen alles bin, was der Geheimbund erreichen will: Unterdrückung statt Freiheit, Chaos statt Ordnung, Dunkelheit statt Licht. Ich dachte, sie wollten mich aus dem Weg räumen, damit ich ihnen nicht gefährlich werden und ihre Pläne vereiteln könnte. Doch inzwischen fürchte ich, dass ich selbst ein Teil ihrer Pläne bin."*

Fragend blickte Melody ihren Freund an. Ein eisiger Schauer durchrieselte sie. „Wie meinst du das? Ich verstehe nicht."

„Der Orden sucht nach mir. Aber nicht, um mich zu töten. Man will mich gefangen nehmen und das mög-

lichst lebend. Erinnerst du dich an die Nacht, in der wir den Agenten des Ordens begegnet sind? An die Waffen, die sie dabeihatten?"

Melody nickte. „Es waren Pistolen mit Betäubungspfeilen."

„Genau. Anfangs habe ich mir nichts dabei gedacht. Jetzt bin ich mir sicher, dass mich der Orden lebend fangen will."

„Aus welchem Grund?"

„Das weiß ich nicht, Melody", gestand Agravain und klang so ernst wie nie zuvor. *„Aber ich muss es herausfinden. Und dazu brauche ich deine Hilfe."*

„Natürlich." Melody zögerte nicht einen Augenblick. „Was kann ich tun?"

"Sag das nicht, ehe du nicht weißt, was ich vorhabe", warnte Agravain. *"Es könnte sehr gefährlich werden. Ich will Gant in eine Falle locken."*

"Was?"

"Und du sollst dabei den Lockvogel spielen", fügte Agravain ein wenig leiser hinzu, so als würde er sich für seine Bitte schämen. *"Ich weiß, dass ich geschworen habe, dich zu beschützen, und ich werde auch weiterhin alles tun, damit dir nichts geschieht. Aber ich weiß nicht, wie ich an den Orden herankommen soll, ohne dabei selbst in Gefangenschaft zu geraten. Du hingegen könntest Gant an einen Ort locken, wo ich ihn gefahrlos überwältigen kann."*

"Und dann?", wollte Melody wissen.

"Muss Gant uns verraten, was der Orden im Schilde führt. Wir müssen diesen Leuten zuvorkommen. Denn wenn sie mich erst in ihrer Gewalt haben, ist es zu spät. Aber ich verstehe, wenn du dich nicht darauf einlassen willst. Schließlich habe ich dich in den letzten Monaten ganz schön im Stich gelassen." Der Greif senkte traurig das Haupt. *"Das tut mir wirklich leid."*

"Aber nein", beteuerte Melody. "Darum geht es doch gar nicht." Sie streckte die Hand aus und streichelte seinen Hals. "Ich habe Angst um dich. Ich will nicht, dass du ihnen in die Hände fällst!"

"Also ... hilfst du mir?"

"Natürlich helfe ich dir", verkündete Melody entschieden. „Ich kann doch nicht tatenlos zusehen, wie ..."

In diesem Moment erklang eine Melodie.

Auf dem Gipfel des Berges hörte es sich ganz seltsam an.

Es war Melodys Handy.

Jemand rief an.

„I-ich dachte, hier oben gäbe es keinen Empfang?", fragte Melody und sah Agravain verunsichert an.

„*Das stimmt auch. Es sei denn, das Funksignal wird durch irgendetwas verstärkt.*"

Diese Worte gefielen Melody ganz und gar nicht. Mit klopfendem Herzen öffnete sie den Reißverschluss ihrer Jackentasche und zückte das Gerät.

Anrufer unbekannt. Sie nahm das Gespräch trotzdem entgegen.

„Ja?", krächzte sie.

„Ich bin's", sagte eine dünne Stimme – und Melody war erleichtert, als sie Roddy erkannte.

„Roddy!" Sie schnappte nach Luft. „Was in aller Welt ...?"

„Bitte hör mir ganz genau zu, Melly", fuhr Roddy fort. Seine Stimme bebte seltsam. Hatte er geweint? „Ich muss dir was Wichtiges sagen."

„Was ist los? Ist was passiert?"

„Sozusagen. Ich ... ich ..." Seine Stimme versagte. Dann war ein Rauschen und ein Klicken zu hören.

Jemand nahm ihm wohl gerade das Telefon aus der Hand.

„Miss Campbell?" Auch diese Stimme erkannte Melody sofort.

„Gant?", schnappte sie.

„In der Tat", kam es hämisch zurück. „Wer hätte gedacht, dass wir uns so bald wieder sprechen?"

„Sparen Sie sich das Gequatsche", knurrte Melody wütend. „Was wollen Sie? Und was haben Sie mit Roddy gemacht?"

„Dem jungen Mr MacDonald geht es gut, keine Sorge", versicherte Gant in seiner öligen Art. „Aber das könnte sich bald ändern, wenn Sie nicht tun, was wir sagen."

Melody merkte, wie ihr der Schweiß auf die Stirn trat, das Blut rauschte in ihren Adern. Gant hatte Roddy entführt!

„Was wollen sie?", fragte Melody. Sie wusste, dass Agravain ihre Gedanken las und jedes Wort mithörte.

„Also gut", meinte Gant selbstgefällig, „lassen wir das Versteckspiel. Du weißt inzwischen, für wen ich arbeite und hinter wem ich her bin?"

„Ja", sagte Melody nur. „Und damit Sie's gleich wissen: Ich hab die ganze Zeit gewusst, dass mit Ihnen was nicht stimmt."

„Bist du deswegen in mein Zimmer eingebrochen und hast es durchsucht?"

Melody biss sich auf die Lippen. Er wusste es! Und hatte nichts gesagt …

Gant lachte leise. „Wir beide sollten damit aufhören, gegeneinander zu arbeiten. Wir sollten lieber an einem Strang ziehen."

„Das können Sie vergessen."

Ein Lachen, kehlig und böse. „Du kannst uns wohl kaum etwas abschlagen, Kleine. Dein Freund befindet sich in unserer Gewalt, vergiss das nicht."

Melody fühlte hilflose Wut in sich aufsteigen. Stoßweise atmete sie ein und aus. „Und?"

„Bring uns den Greifen …", verlangte Gant.

„Niemals!"

„… oder Roddy wird etwas zustoßen." Man konnte hören, wie bitterernst die Drohung gemeint war. Melody stellt sich vor, wie Roddy vor Gant am Boden kauerte, mit zerzaustem Haar und Tränen in den Augen, während die Brille unentwegt auf seiner Nase auf und ab hüpfte …

Panik stieg in ihr hoch. Was sollte sie tun?

Sie konnte Agravain doch nicht ausliefern! Und ebenso wenig konnte sie zulassen, dass Roddy etwas zustieß! Beide waren ihre Freunde. Beide Leben waren gleich viel wert. Tränen der Verzweiflung schossen ihr in die Augen.

„*Frag ihn, wo ich sie treffen soll*", hörte sie plötzlich Agravains Stimme in ihrem Kopf.

„Nein!", rief Melody entsetzt.

„Du hast keine Wahl", erwiderte Gant, der nicht verstand, dass gar nicht er gemeint war.

„Diesmal hat dieser Fiesling leider Recht", beharrte Agravain. *„Wenn wir nicht tun, was er sagt, wird er Roddy etwas antun."*

„Aber ...", begann Melody, die einfach nicht glauben wollte, dass sie keine andere Möglichkeit haben sollten. Aber sie wollte auch nicht, dass Roddy etwas zustieß. Ebenso wenig wie sie wollte, dass Agravain etwas passierte.

„Frag ihn, wohin du mich bringen sollst", verlangte der Greif noch einmal.

„Wohin ...?", begann Melody mit tränenerstickter Stimme. „Wohin soll ich ihn bringen?"

„Zum alten Leuchtturm auf der Nordseite der Bucht."

„Halten Sie Roddy dort gefangen?", verlangte Melody zu wissen.

„In spätestens einer Stunde muss dein geflügelter Freund dort auftauchen, verstanden? Oder du siehst die kleine Brillenschlange nie wieder."

Melody warf Agravain einen fragenden Blick zu. Der Greif antwortete mit einem Nicken.

„Einverstanden", bestätigte Melody daraufhin. „Und sie lassen Roddy auch bestimmt frei?"

„Versprochen", sagte Gant nur. „Dann bis in einer Stunde. Wir erwarten euch."

Melody wollte noch fragen, wen der Ordensagent mit „wir" meinte. Aber ein hohles Klicken zeugte davon, dass er die Verbindung bereits unterbrochen hatte. Noch eine Weile hielt sie das Telefon in der Hand, ehe sie es sinken ließ. „Und jetzt?", fragte sie.

„*Wir müssen unseren Plan ändern*", erwiderte Agravain. „*Gant hat wohl dasselbe gedacht wie ich. Nun ist er mir zuvorgekommen.*"

„Ist das alles, was dir dazu einfällt? Diese Kerle haben Roddy entführt!"

„*Und ich werde alles dafür tun, dass ihm nichts geschieht*", versicherte der Greif.

„Und wenn dir dabei etwas geschieht?" Melody breitete die Arme aus, umklammerte seinen Hals und presste sich eng an sein weiches Brustgefieder. „Ich habe Angst um dich. Ich will nicht, dass dich der Orden in die Finger kriegt!"

„*Das will ich auch nicht. Zumal ich nicht weiß, was sie mit mir vorhaben. Aber sie haben Roddy und das ändert alles. Wir dürfen ihn nicht im Stich lassen!*"

„I-ich weiß", versicherte Melody tapfer, während sie sich wieder von ihm löste. „Aber dann lass uns wenigstens etwas unternehmen. Die Polizei rufen oder ..."

„*Glaubst du, dass das etwas nützen würde?*"

„Nein", schluchzte Melody leise. Die Erwachsenen hatten ihr bisher nicht helfen können. Sie waren einfach zu sehr mit ihren eigenen Problemen beschäftigt und sahen die Welt ganz anders. Was wussten sie schon von Greifen oder von Drachen? Für sie waren das doch alles nur Hirngespinste.

„*Ich muss gehen und mich ihnen ausliefern*", sagte Agravain. „*Schon weil es meine Pflicht ist, euch beide zu beschützen.* Aber", fügte er leiser hinzu, „*das bedeutet ja nicht, dass wir nicht unseren eigenen Plan schmieden dürfen ...*"

Das Netz

Der Flug dauerte eine halbe Stunde. Unterwegs war Melody kaum in der Lage, einen einzigen klaren Gedanken zu fassen. Kein Augenblick verging, in dem sie nicht an den entführten Roddy, an den bösen Malcolm Gant und an ihren Freund Agravain dachte, der sich in größte Gefahr begab.

Was würden Gant und seine Leute mit ihm anstellen, wenn er sich erst in ihrer Gewalt befand? Wenn sie doch nur wüssten, was der Orden vorhatte ...

„*Denk nicht daran*", schärfte der Greif ihr ein, während er die Flügel zu einem langen Gleitflug ausbreitete. Die Berge lagen hinter ihnen, das von Nebelfetzen bedeckte Marschland glitt unter ihnen vorbei. „*Denk nicht daran, hörst du?*"

„Ich versuch's", versicherte Melody tapfer, aber sie

konnte ihm nichts vormachen. Schließlich konnte er ihre Gedanken lesen.

„*Mir wird nichts geschehen*", versicherte Agravain. „*Halte dich nur an unseren Plan, dann wird alles gut.*" Melody nickte, während sie sich dicht über den Nacken des Greifen beugte. In der Ferne war jetzt das silbern glitzernde Band der See auszumachen. Davor thronte einsam über der Küste der alte Leuchtturm.

Melody wurde ganz flau.

„Willst du nicht doch lieber fliehen?", fragte sie. „Ich könnte auch auf eigene Faust versuchen, Roddy zu befreien."

„*Und dabei selbst in die Hände dieser Finsterlinge geraten? Nein, Melody. Gant will mich und er soll mich bekommen. Aber er wird keinen Spaß an mir haben, das kann ich dir versprechen.*"

Melody lachte grimmig, auch wenn ihr nicht danach zumute war. Agravain wollte sich zunächst zum Austausch für Roddy anbieten. Sobald der Junge aber frei wäre, würde Agravain wie eine Rakete abheben und die Flucht ergreifen, noch ehe der Feind reagieren konnte. Melody konnte nur hoffen, dass dieser Plan funktionieren würde.

Der Leuchtturm war jetzt deutlich zu erkennen. Ein altes, baufälliges Ding, das schon lange nicht mehr in Betrieb war. Der ideale Schlupfwinkel für Verbrecher ...

Agravain drehte die Flügel und sofort verlangsamte

sich ihr Flug. Indem er die Schwingen abermals zurückbog und auf und ab bewegte, glitt er senkrecht zu Boden und landete geschmeidig im Schutz eines großen Felsens. Die Luft roch salzig und nach fauligem Fisch, genau wie in Melodys Traum von den Schlangen. Sie erschauderte.

„*Absitzen!*", befahl Agravain.

„Ich will nicht", beharrte sie. „Ich möchte bei dir bleiben."

„*Und womöglich ebenfalls gefangen werden? Das kann ich nicht zulassen.*" Er beugte die Knie, sodass sie zu Boden rutschen konnte. „*Unsere Wege trennen sich hier, liebe Freundin.*"

„So hast du mich noch nie genannt", sagte Melody traurig.

„*Ist das ein Fehler? Habe ich etwas Falsches gesagt?*"

„Ganz und gar nicht", versicherte sie und vergrub ihr Gesicht in seinem Federfell-Kleid, das feucht war und nach Wildnis roch. „Du musst auf dich aufpassen, hörst du?", schluchzte sie, obwohl sie sich fest vorgenommen hatte, nicht zu weinen.

„*In Ordnung*", versicherte er.

Sie sah an ihm empor. „Versprichst du's?"

Er nickte. „*Der Orden mag alt und mächtig sein – aber seine Agenten sind nicht so schlau, wie sie glauben. Meine Mutter hat es mehr als einmal geschafft, sie zu überlisten. Warum sollte mir das nicht auch gelingen?*"

„Du musst vorsichtig sein", beharrte Melody. „Dieser Malcolm Gant ist ziemlich gerissen."

„*Keine Sorge*", beruhigte Agravain sie.

Einen endlos scheinenden Augenblick standen sie beide nur da und sahen einander an, das Mädchen und der Greif. Das Sternenlicht spiegelte sich in Agravains Augen. Aber sie sah weder Furcht noch Unentschlossenheit darin.

„*Alles wird gut*", versicherte er. „*Du musst daran glauben.*"

„Fällt mir nicht gerade leicht", gestand sie. „Ich habe meine Eltern verloren und will dich nicht auch noch verlieren, hörst du?"

„*Das wirst du auch nicht*", erwiderte er und hob die rechte Klaue, sodass sie vor Melody in der Luft schwebte. „*So*", erklärte er, „*haben Greifen und ihre Ritter einander einst gegrüßt. Mensch und Greif, Hand und Klaue, Herz und Mut.*"

„Mensch und Greif, Hand und Klaue, Herz und Mut", wiederholte Melody flüsternd und wischte sich die Tränen aus dem Gesicht. Dann legte sie ihre Hand auf Agravains Klaue. Für einen Moment kam es ihr vor, als würden ihre Geister miteinander verschmelzen. Sie konnte seinen Herzschlag hören und fühlte seine Stärke, und schon im nächsten Moment war sie nicht mehr ganz so verzweifelt.

„*Bereit?*", fragte er.

„Ich glaube schon."

„*Was immer geschieht, du bleibst hier im Versteck. Gant und seine Leute sind nicht hinter dir her, sondern hinter mir.*"

„Viel Glück", sagte Melody leise.

Er breitete die Flügel aus und sprang hoch in die Luft. Und schon flog er in Richtung Leuchtturm davon.

Einen Moment lang stand Melody wie vom Donner gerührt. Sie hätte ihm noch so viel sagen wollen, aber jetzt war er fort – unter Feinden.

Behände erklomm sie den Felsen und legte sich bäuchlings hin wie ein Indianer auf dem Kriegspfad.

Jenseits des Gesteins fiel das Gelände ab. Der Hang war von schwarzem Geröll übersät, das im Mondlicht glänzte. Am Fuß des Hangs ragte der alte Leuchtturm auf, dahinter konnte sie das Meer mit seinen weißen Schaumkronen erkennen. Vor dem dunklen Himmel zeichneten sich die Umrisse Agravains ab, als er rund einhundert Meter vor dem Leuchtturm landete. Melody bewunderte seinen Mut.

Der Greif legte die Flügel an, dann warf er das Haupt in den Nacken und stieß einen Schrei aus, wie ihn wohl nur seinesgleichen beherrschte: durchdringend wie der eines Adlers und dabei weithin tönend wie das Gebrüll eines Löwen. Diese Botschaft würden Gant und seine Leute ganz sicher verstehen.

Und tatsächlich: Im nächsten Moment ging die Tür des Bootshauses neben dem Leuchtturm auf und eine Gestalt mit einer Laterne in der Hand trat daraus hervor. War es Gant?

Melody kniff die Augen zusammen, um besser sehen zu können, aber auf diese Entfernung und bei solcher Dunkelheit konnte sie den Mann nicht genau genug erkennen. Agravain schrie erneut. Daraufhin erschienen weitere Männer in schwarzen Ledermänteln – der Uniform des Drachenbundes.

Am liebsten wäre Melody sofort losgerannt, um Agravain zu Hilfe zu kommen. Aber das wäre natürlich vollkommen sinnlos gewesen. Was konnte ein Mädchen gegen diese üblen Kerle ausrichten? Jetzt verschwanden zwei der Männer in dem Gebäude. Als sie zurückkamen, hatten sie eine dritte Person dabei, die kleiner war und völlig verstrubbeltes Haar hatte.

„Roddy!", entfuhr es Melody aufgeregt.

Agravain begann sich auf die Männer zuzubewegen – doch diejenigen, die Roddy festhielten, rührten sich nicht von der Stelle. Auch Agravain blieb stehen. „Komm schon!", brüllte einer der Kerle laut und winkte dem Greifen mit der Laterne. „Worauf wartest du?"

Agravain senkte das Haupt und deutete mit dem Schnabel in Roddys Richtung. Daraufhin bedeutete der Mann den anderen, sich ebenfalls zu bewegen. Sie verließen das Bootshaus und gingen einige Schritte mit Roddy, der ziemlich mitgenommen aussah. Agravain trabte ihnen entgegen. Die Flügel hatte er nicht ganz angelegt, sondern halb vom Körper abgespreizt, um jederzeit fliehen zu können.

Melody hielt den Atem an. Noch etwa fünfzig Meter trennten ihn von den Männern. Vielleicht, dachte Melody, geht ja wirklich alles gut ... Da erspähte sie drüben bei den Felsklippen eine Bewegung. Oder hatte sie sich etwa getäuscht?

Nein, da war tatsächlich jemand: eine dunkle Gestalt, die nicht nur einen schwarzen Mantel, sondern auch eine Gesichtsmaske trug. Sie hielt ein unförmiges, langes Etwas in den Händen.

Melodys Herzschlag setzte für ein paar Sekunden aus, als sie erkannte, dass es ein Gewehr war. Agravain konnte es nicht sehen, denn der Mann befand sich hinter ihm. Die Aufmerksamkeit des Greifen war außerdem ganz auf Roddy gerichtet ...

Wie von einer Krabbe gebissen sprang Melody auf, wollte Agravain warnen – als es plötzlich ganz schnell ging.

Das Gewehr krachte und fast im selben Moment zuckte Agravain getroffen zusammen.

Tränen des Entsetzens schossen Melody in die Augen. Fassungslos sah sie zu, wie Agravain wankte. Roddy schrie, seine Bewacher lachten triumphierend. Sie hatten den Greifen in die Falle gelockt!

Agravain breitete die Flügel aus, wollte Anlauf nehmen, um zu fliehen – als es im Dunkel des Bootshauses ein zweites Mal krachte. Ein weiterer Vermummter stand in der Toröffnung und hatte etwas abgefeuert, was wie eine kleine Kanone aussah. Das schwarze Knäuel, das aus ihrer Mündung flog, entfaltete sich in der Luft zu einem großen Netz, das über Agravain fiel.

Der Greif schien am Ende seiner Kräfte. Er schlug wie wild mit den Flügeln, aber dadurch verhedderte er sich nur noch mehr in den Maschen. Verzweifelt versuchte er, Krallen und Schnabel einzusetzen, um sich zu befreien. Aber auch dazu reichten seine Kräfte nicht mehr.

„Agravain", flüsterte Melody. Es tat ihr furchtbar weh, ihren tapferen Freund so hilflos zu sehen.

„Bleib ... komm nicht zu mir ..." Diese Worte waren der schwache Nachhall seiner Stimme in ihrem Kopf. Für einen Augenblick kam es ihr vor, als würde er durch das Netz zu ihr hinblicken.

Dann brach er zusammen und die Männer in den Mänteln jubelten.

Roddy trat einem von ihnen vors Schienbein. Dafür erntete er einen üblen Faustschlag ins Gesicht. Wankend ging er zu Boden und wurde von einem der brutalen Kerle davongeschleppt. Die Übrigen machten sich daran, den inzwischen reglosen Agravain abzutransportieren.

War er ...?

Melody wagte nicht, den Gedanken zu vollenden. Ihre Trauer verwandelte sich in blanke Wut, als sie sah, wie die Schergen des Drachenbundes Agravain zum Leuchtturm schleppten. Sein Kopf schlug dabei immer wieder unsanft gegen die Felsen, ein Flügel stand senkrecht in die Höhe.

Melodys Herz raste in ihrer Brust. Ihr Plan war fehlgeschlagen. Die Agenten des Ordens waren diesmal auf der Hut gewesen und hatten Vorbereitungen getroffen.

Sie hatten Agravain eine Falle gestellt. Er war blindlings hineingetappt – und sie, Melody, gleich mit.

Hilflos musste sie mit ansehen, was mit Agravain geschah. Aber in ihrem Inneren fasste sie einen Entschluss. Sie konnte das Versprechen, das sie dem Greifen gegeben hatte, einfach nicht halten.

Sie musste versuchen, Agravain und Roddy zu befreien.

Gefangen!

„Lasst mich los! Ihr sollt mich loslassen, hört ihr nicht?" Roddys verzweifelte Schreie verhallten ungehört. Der Hüne im schwarzen Ledermantel, der ihn zurück ins Bootshaus geschleppt hatte, machte keine Anstalten, ihn wieder freizulassen. Wie ein Schraubstock hielt er Roddys Handgelenke umklammert, während er ihn mit unbewegter Miene anblickte.

„Was sollte das, hä?", fragte Roddy, vor Zorn den Tränen nahe. „Ich dachte, ihr wolltet mich gehen lassen? Ihr habt uns reingelegt!" Vergeblich wand er sich im eisernen Griff seines Bewachers. Schließlich schlug er in seiner Verzweiflung mit der Faust auf den Mann ein.

Der Riese gab ein Grunzen von sich und schlug zurück. Im nächsten Moment fand sich Roddy am Boden liegend wieder, noch immer benommen von dem Schlag.

Hilflos musste er mit ansehen, was sich vor seinen Augen abspielte: Durch das offene Tor des Bootshauses schleppten die Männer des Drachenordens den gefangenen Agravain herein. Der Greif lag reglos da, das Gefieder zerzaust, ein Flügel war unnatürlich abgespreizt. Diese gemeinen Kerle!

Was hatten sie nur mit ihm gemacht?

Fassungslos schaute Roddy zu, wie sie das Netz herabzerrten und stattdessen Seile nahmen, um den Greifen zu fesseln. Zuerst banden sie seine Hinterläufe zusammen, dann die Vorderläufe mit den Klauen. Am Schluss zurrten sie eine Schlinge um seine Flügel fest. Sein Kopf war kraftlos zur Seite gefallen, seine Augen halb geschlossen, und die Zunge hing ihm aus dem Schnabel.

„Agravain", flüsterte Roddy. „Bitte verzeih mir …"

Er fühlte sich schuldig. Denn wenn er sich nicht hätte erwischen lassen, hätten die Agenten des Ordens Agravain nie schnappen können. Melody würde ihm das nie verzeihen …

Da ertönte plötzlich ein schadenfrohes Lachen.

Zuerst dachte Roddy, dass es sein riesiger Bewacher wäre, aber der stand nur da und glotzte. Und auch die anderen Kahlköpfe, die damit beschäftigt waren, Agravain zu einem Bündel zu verschnüren, lachten nicht.

Suchend blickte sich Roddy im Bootshaus um. Bojen, Rettungsringe, Seile, Ruder und anderes Zeug waren in Halterungen an den hölzernen Wänden befestigt. Und mitten im Raum stand ein grinsender Mann im schwarzen Anzug, das dunkle Haar gescheitelt und ein breites Grinsen im Gesicht – Malcolm Gant.

„Mann", fauchte Roddy seinen Entführer an. „Sie müssen ja echt stolz auf sich sein!"

„Ziemlich", erwiderte Gant selbstgefällig.

„Sie haben mich belogen", eiferte sich Roddy. „Sie haben versprochen, mich freilassen, wenn Agravain sich stellt. Und Sie haben mir versprochen, dass Sie ihm nicht wehtun."

„Er spürt nichts", versicherte Gant mit einem Seitenblick auf den Greifen. „Das Betäubungsmittel, das wir ihm verpasst haben, wirkt gründlich."

„Was haben Sie mit ihm vor?", wollte Roddy wissen.

„Wir bereiten ihn auf eine Reise vor."

„Reise? Was für eine Reise?"

„Unser Greif wird eine kleine Seefahrt machen", sagte Gant. „Unterhalb der Klippen wartet ein Schiff, das ihn an Bord nehmen wird."

„Und wohin fährt es?", fragte Roddy.

„Das wirst du schon noch sehen."

Roddy erschrak. „Was soll das heißen? Soll ich etwa mit?"

„Kluger Junge", lobte Gant hämisch.

„Aber Sie … Sie haben versprochen, mich freizulassen!"

„Die Pläne haben sich geändert."

„So ein Blödsinn", maulte Roddy. „Sie hatten doch von Anfang an gar nicht vor, mich gehen zu lassen. Schließlich weiß ich, wie Sie aussehen, und könnte Sie jederzeit an die Polizei verraten."

„Wenn man dir glauben würde und das ist ziemlich unwahrscheinlich", erwiderte Gant ungerührt. „Oder willst du der Polizei etwa erzählen, dass ein Greif entführt wurde? Die lachen dich doch aus, kleiner Mann!"

„Wahrscheinlich", gab Roddy grimmig zu. „Aber Kindesentführung finden sie sicher viel weniger lustig, das kann ich Ihnen sagen!"

„Entführung ist ein so hässliches Wort", meinte Gant und schnalzte mit der Zunge. „Wir haben dich dabei erwischt, wie du auf unserem Privatgelände herumgeschnüffelt hast. Da hat dich unser Sicherheitsdienst eben vorübergehend festgenommen. Schließlich ist das Hausfriedensbruch."

„Das ist eine Lüge!", begehrte Roddy auf.

„Und? Wen interessiert's? Was meinst du wohl, wem die Behörden glauben werden? Einem Jungen, der am liebsten am Computer spielt und seinen Kopf in den Wolken hat oder einem angesehenen Londoner Anwalt?"

„Wo-woher wissen Sie das mit den Spielen?"

Gant lachte wieder. „Ich weiß eine Menge über dich, Kleiner. Wo du wohnst, wann du geboren bist, wer deine Eltern sind und was du am liebsten zum Frühstück isst. Ich kenne deinen Stundenplan und weiß, dass du deine Mathe-Lehrerin nicht leiden kannst. Du hast einen Kanarienvogel und deine Mutter nennt dich manchmal ‚Rosy'."

„W-woher wissen Sie das alles?" Roddy war ehrlich erschrocken.

„Wir haben unsere Spione", erwiderte Gant nur. „Eine der obersten Regeln der Kriegsführung lautet: Finde so viel wie möglich über deinen Feind heraus."

„A-aber ich bin nicht Ihr Feind", versicherte Roddy. „Und wir sind auch nicht im Krieg."

„Das sagst du, weil du keine Ahnung hast, was in der Welt wirklich vor sich geht. Und das ist auch gut so. Denn je weniger Menschen die Wahrheit kennen, umso besser."

Gant nickte selbstzufrieden und das machte Roddy nur noch wütender. So wütend, dass er darüber glatt seine Angst vergaß. „Sie sind ein Verbrecher!", schrie er.

„Was du nicht sagst!"

„Sie haben vielleicht einen Anzug an und sehen geschniegelt aus, aber in Wirklichkeit sind Sie nichts als ein mieser Verbrecher", polterte Roddy weiter. „Sie sind Anwalt und sollten für das Gesetz eintreten. Stattdessen arbeiten Sie für diese ... diese Tierquäler", schimpfte er mit einem Blick auf die Glatzen, die ihre Arbeit inzwischen beendet hatten: Agravain war zu einem Paket verschnürt. Wenn er wieder zu sich kam, würde er sich keinen Zentimeter bewegen können.

„Du glaubst, ich arbeite für die da?" Gant grinste nur – und zog sein Haar vom Kopf. Darunter war er völlig kahl. „Das siehst du völlig falsch, mein Junge. Ich arbeite nicht nur für sie, ich bin ein Teil von ihnen!"

„Also hatte Melody Recht", knurrte Roddy.

„In der Tat – und sie ist auch der Grund dafür, dass du bei uns bleiben musst."

„Was soll das nun wieder heißen?"

„Wir hatten gehofft, auf einen Schlag das Mädchen und unseren geflügelten Freund zu fangen. Das hat leider nicht geklappt. Also müssen wir dich wohl oder übel bei uns behalten. Denn Melody wird früher oder später versuchen, dich und den Greifen zu befreien. Und wenn es so weit ist, werden wir auf sie warten."

„Nein!", rief Roddy. „Das dürfen Sie nicht!"

„Oje!" Gants Gesicht bekam Kummerfalten. „Männer", wandte er sich an seine Leute, „wir müssen unseren Plan aufgeben. Der junge Mr MacDonald ist nicht damit einverstanden."

Seine Schergen lachten hämisch.

„Melody Campbell weiß entschieden zu viel, mein Junge", wandte sich Gant wieder an Roddy und seine

Augen glänzten kalt und böse. „Deshalb können wir sie nicht einfach laufen lassen. Wir müssen nur abwarten. Die gute Melody wird kommen und versuchen, ihren Freunden zu helfen – dann werden wir zur Stelle sein."

Roddy starrte Gant ins Gesicht. Dieser Verbrecher meinte es ernst, keine Frage. Wenn Melody tatsächlich hier aufkreuzte, würden die Agenten des Ordens sie gefangen nehmen. Und sosehr Roddy sich auch wünschte, dass jemand kam und ihn befreite: Er wusste, was er jetzt zu tun hatte.

Er holte tief Luft, um aus Leibeskräften loszuschreien. Vielleicht war Melody in der Nähe und hörte seine Warnung ...

Aber er kam nicht dazu. Denn da legte sich schon die Pranke seines Bewachers über seinen Mund. Mehr als ein ersticktes „Mmpf" brachte Roddy nicht zustande.

„Hoppla", meinte Gant und schnalzte wieder mit der Zunge. „Das wollen wir doch nicht ..."

Der blinde Passagier

Im Schutz der Dunkelheit hatte sich Melody an den alten Leuchtturm herangearbeitet – und eine Überraschung erlebt. Denn unterhalb der Klippen, über denen er aufragte, lag ein Schiff vor Anker.

Von ihrem Versteck aus war es nicht zu sehen gewesen, doch nun konnte Melody es ganz deutlich erkennen. Es war ein Trawler, wie die Fischer ihn benutzten, mit einem Aufbau auf dem Vordeck und einem schweren Achtergalgen. Normalerweise diente er dazu, die Fischernetze zu schleppen und aus dem Wasser zu hieven. In dieser Nacht wurde er für die Bergung eines gefangenen Greifen benutzt.

Allein der Gedanke versetzte Melody einen Stich ins Herz.

Sie hatte gehofft, dass Gant und seine Leute Agravain im Bootshaus behalten würden. Wenn sie ihn auf das Schiff brachten, hatte sie kaum eine Möglichkeit, ihn zu befreien. Was sollte sie nur tun?

Sie musste auf jeden Fall näher an den Leuchtturm heran, um sich ein Bild von der Lage zu machen. Atemlos und in gebückter Haltung schlich sie weiter. Zwischendurch duckte sie sich immer wieder hinter Gesteinsbrocken und nahm Deckung in Felsspalten. Die Agenten des Ordens hatten keine Wachen aufgestellt, so sicher fühlten sie sich.

Na wartet!, dachte Melody.

Endlich erreichte sie das Bootshaus. Im Inneren brannte Licht, dunkle Gestalten huschten hin und her. Lautlos näherte sich Melody einem der schmutzigen, gesprungenen Fenster, stellte sich auf die Zehenspitzen und spähte hinein.

Sie hielt den Atem an. Da war Roddy! Gefesselt kauerte er auf dem Boden. Ein Mann in einem schwarzen Anzug stand über ihm und grinste höhnisch auf ihn herab. Melody sog scharf die Luft ein – es war Malcolm Gant! Ohne seine Perücke hätte sie ihn beinahe nicht erkannt.

Auch den Greifen konnte sie sehen. Er war noch immer bewusstlos. Gant und seine Leute hatten ihn zu einem Bündel verschnürt, das sie nun an den Haken eines Krans hängten, der unter dem Dach des Bootshauses angebracht war. Vermutlich wollten sie ihn an der Klippe hinablassen, um ihn auf das Schiff zu verladen.

Melody biss sich auf die Lippen und überlegte fieberhaft. Wenn Gant und seine Leute mit dem Abtransport von Agravain beschäftigt waren, konnte sie in der Zwischenzeit vielleicht Roddy befreien.

Aber was wurde dann aus Agravain? Wenn Gant und seine Leute ihn erst auf das Schiff verladen hatten und mit ihm davonfuhren, würde sie ihn nie wiedersehen!

Nein, dachte Melody. So leid es ihr tat, Roddy musste warten. Sie musste Agravain beistehen – und sich dazu geradewegs in die Höhle des Drachen begeben.

Vorsichtig zog sie sich von dem Fenster zurück und huschte an den Rand der Klippen. Ein Motorboot lag dort unten an der Anlegestelle. Es war gerade groß genug, um Agravain aufzunehmen und zu dem größeren Schiff zu bringen, das draußen in der Bucht ankerte. Nur ein einzelner Mann hielt Wache.

Melody zögerte nur den Bruchteil einer Sekunde, dann huschte sie schon die Stufen zur Anlegestelle hinab, die in den Fels geschlagen waren. Sie musste vorsichtig sein. Wenn der Wächter sie sah, dann war alles vorbei ...

Melody hatte Glück. Der Mann, der wie seine Kumpane einen kahl geschorenen Kopf hatte und einen schwarzen Ledermantel trug, blickte an der Klippe empor zum Kran hinauf, mit dem Agravain herabgelassen wurde. Melody wollte gar nicht sehen, wie ihr Freund dort über dem Abgrund schwebte, reglos und ohne Bewusstsein. Ihr einziges Ziel war das Boot dort am Anleger.

Noch etwa zwanzig Meter.

Wie kam sie unbemerkt auf das Boot? Es gab nur eine Möglichkeit: Sie musste durchs Wasser!

Kurz entschlossen nahm sie das Gummiband, das sie um das Handgelenk trug, und band damit ihr vom Wind zerzaustes Haar zusammen. Dann zog sie ihre wetterfeste Jacke aus und schnürte sie zu einem kleinen Bündel zusammen. Schließlich schlüpfte sie aus den Schuhen, knotete sie an den Schnürsenkelenden zusammen und warf sie sich über die Schulter. Dann huschte sie im Schutz der Felsen zum Wasser und watete ohne Zögern hinein.

Es war kalt. Saukalt. Schon nach wenigen Schritten hatte Melody das Gefühl, zwei Eisklötze an den Beinen zu haben, aber sie watete tapfer weiter. Dann wurde das Wasser tiefer. Sie musste sich zwingen, nicht laut zu prusten. Zähneklappernd umrundete sie die von Muscheln übersäten Felsen. Hier und da kroch eine Krabbe über das nasse Gestein, aber Melody ließ sich nicht aufhalten.

Die Schuhe und das Jackenbündel über den Kopf haltend, watete sie durch das brusthohe Wasser in der

Hoffnung, dass es nicht noch tiefer wurde. Plötzlich sah sie eine Welle heranrollen. Im nächsten Augenblick schwappte die kalte Flut über sie hinweg und riss sie fast um.

Doch irgendwie schaffte sie es, der Strömung standzuhalten. Ihr Haar war durchnässt, Gesicht und Augen brannten vom Salz. Trotzdem watete sie tapfer weiter – noch fünf Meter bis zum Boot.

Der Wächter am Pier beobachtete immer noch gebannt die Verladung Agravains, der gerade auf halber Höhe der Klippe in der Luft hing.

Melody war sauer auf sich selbst. Wie hatte sie nur jemals glauben können, dass sich ein Typ wie Malcolm Gant an eine Abmachung halten würde? War ihr der Kerl nicht vom ersten Augenblick an verdächtig vorgekommen? Und ausgerechnet, wenn es um das Leben ihrer Freunde ging, tappte sie in seine Falle. Die Sorge um Roddy hatte sie blind gemacht. Ein grober Fehler, den sie nicht wiederholen würde.

Endlich erreichte sie das Motorboot. Es war etwa acht Meter lang und sah ziemlich mitgenommen aus – dem Geruch nach war es sonst als Fischerboot im Einsatz.

Jetzt kam der schwierigste Teil ihres Plans. Irgendwie musste es ihr gelingen, sich aus dem Wasser zu ziehen und an Bord zu gelangen. Wurde sie entdeckt, war alles vorbei.

Obwohl Melody am ganzen Körper zitterte, nahm sie all ihren Mut zusammen. Sie warf ihre Schuhe und die Jacke über die Bordwand und kletterte dann selbst hinterher.

Und das war mühsam. Melody hatte nicht damit gerechnet, dass ihre nasse Kleidung so schwer sein würde. Wie Blei zog es sie nach unten, und nicht viel hätte gefehlt, und sie wäre zurück ins Wasser gestürzt. Allein die Bojen und Netze, die außen an der Schiffswand hingen, bewahrten sie davor. Denn daran konnte sie sich festhalten. So schaffte sie es, Stück für Stück emporzuklettern.

Sie erreichte den Rand und spähte darüber: Der Wächter kehrte ihr noch immer den Rücken zu. Mit aller Kraft stemmte sie sich hinauf, schwang ein Bein über die Bootswand und ließ sich auf der anderen Seite hinabfallen.

Bäuchlings lag sie auf den glitschigen Planken, die von Gräten und Fischabfällen übersät waren, und verharrte.

Hatte der Wächter etwas bemerkt? Vielleicht hatte er aus dem Augenwinkel eine Bewegung wahrgenommen und kam jetzt nachsehen ...

Aber nichts geschah. Melody atmete auf. Aber sie traute sich trotzdem noch nicht aufzustehen. Stattdessen kroch sie auf dem Bauch über die Planken zum Bug, wo ein riesiges Knäuel bestialisch stinkender

Fischernetze lag. Darunter kroch sie, bis nichts mehr von ihr zu sehen war.

Sie schaffte es immerhin, ihre Socken aus- und ihre Schuhe anzuziehen. Dann schlüpfte sie unter zirkusreifen Verrenkungen in ihre klamme Jacke. Jetzt fror sie zwar nicht mehr so schlimm, aber die Zeit verging trotzdem quälend langsam.

Fünf Minuten.

Zehn Minuten.

Zwanzig Minuten.

Dann hörte sie, wie Gants Leute vor Anstrengung stöhnend Agravains reglosen Körper heranschleppten und auf das Achterdeck bugsierten. Melody war beinahe dankbar dafür, dass sie unter den Netzen nichts sehen konnte. So blieb ihr der erbarmungswürdige Anblick des Greifen erspart.

Irgendwann hatten die groben Kerle ihre Arbeit getan. Andere kamen an Bord, Melody konnte ihre Schritte hören. Dann vernahm sie eine vertraute Stimme ...

„Jetzt sind Sie ganz schön sauer, was?"

Melody holte scharf Luft – Roddy!

„Halt den Mund, Grünschnabel", befahl ihm Gant, der offenbar ebenfalls an Bord gekommen war.

„Damit haben Sie wohl nicht gerechnet! Glauben Sie wirklich, Melody ist so dämlich, einen Befreiungsversuch zu unternehmen und Ihnen in die Falle zu gehen? Melody Campbell ist das schlauste Mädchen, das ich kenne."

„Schön für dich, MacDonald", knurrte Gant. „Dann wirst du uns eben alleine Gesellschaft leisten. Aber keine Sorge – deine kleine Freundin kommt auch noch dran. Früher oder später kriegen wir sie."

„Glaub ich nicht", beharrte Roddy tapfer. „Melody ist viel zu clever für euch. Sicher ist sie schon über alle Berge."

Melody, die nur wenige Meter entfernt im Bugraum kauerte, hielt den Atem an.

Sie hatte genau das getan, was Gant von ihr erwartet hatte! Hätte Roddy das gewusst, hätte er sie bestimmt nicht so in den Himmel gelobt.

Da sprang auch schon der Motor des Boots mit lautem Tuckern an und die Fahrt begann.

Jetzt gab es kein Zurück mehr.

Unverhofftes Wiedersehen

Der Wind hatte aufgefrischt, die See wurde rauer. Gant und seine Leute hatten ihre liebe Not damit, die beiden Schiffe so zu steuern, dass der Kran am Heck des Trawlers dazu benutzt werden konnte, den bewusstlosen Greifen an Bord zu hieven.

„Los doch, ihr Idioten!", konnte Melody Gant in ihrem Versteck schimpfen hören. „Worauf wartet ihr? Nein, nicht so! Seid ihr denn zu gar nichts zu gebrauchen …?"

Seine Gefolgsleute ließen die Schimpftiraden wortlos über sich ergehen und irgendwann hatten sie Agravain tatsächlich an Bord geholt.

Doch wenn Melody geglaubt hatte, dass sie nun leichter an ihren Freund herankommen würde, hatte sie sich geirrt: Mit schweren Eisenketten wurde sein regloser Körper gefesselt und auf dem Achterdeck angekettet. Melody hoffte, dass seine Flügel dabei keinen Schaden nahmen – Gant und seinen Leuten schien das vollkommen egal zu sein.

Als er sie auf dem Oberdeck antreten ließ, um ihnen in der Sprache des Drachenordens neue Befehle zu erteilen, war Melodys Chance gekommen. Behände kroch sie unter den stinkenden Fischnetzen hervor. Das Motorboot war noch immer am Heck des Trawlers vertäut und in diesem Moment achteten alle nur auf Gant. Jetzt oder nie!

So schnell sie konnte, sprang Melody auf das Achterdeck des Trawlers, nur um gleich wieder hinter einer großen Wassertonne in Deckung zu gehen. Das Herz schlug ihr bis zum Hals, ihre Hände zitterten.

Vorsichtig riskierte sie einen Blick. Gant und seine Leute waren immer noch auf dem Oberdeck. Melody musste vom Achterdeck verschwinden, ehe sie zurückkehrten.

Agravain war nur wenige Armlängen von ihr entfernt. Am liebsten wäre sie zu ihm geeilt, um ihn zu trösten und zu streicheln, aber das durfte sie nicht. Stattdessen suchte sie nach dem nächsten Niedergang, der unter Deck führte. Sie erspähte ihn unweit ihres Verstecks.

In gebückter Haltung schlich sie davon. Die Planken schwankten unter ihr, und sie war froh, dass sie nicht so leicht seekrank wurde. Sie erreichte den Niedergang und stieg über die metallene Treppe hinab ins Innere des Schiffs.

Das Rauschen des Meers verstummte und der Geruch änderte sich schlagartig. Hier unten stank es nicht mehr nach fauligem Fisch und Seetang, sondern nach Benzin und Öl. Offenbar befand sie sich ganz in der Nähe des Maschinenraums.

Melody überlegte. Vielleicht war es am besten, wenn sie dorthin ging. Inmitten des Durcheinanders aus Motoren, Leitungen und Schaltkästen gab es sicher eine Nische, in der sie sich verstecken konnte. Kurzerhand trat sie zu einer der schmalen Türen und drückte vorsichtig die Klinke.

Abgeschlossen. Mist.

Sie brauchte ein anderes Versteck. Sie huschte den schmalen Gang hinab, der zum Bug des Schiffs führte. Auf der rechten Seite gab es Türen, die vermutlich zu den Mannschaftskabinen gehörten. Da sie alle oben auf Deck waren, bestand wohl im Augenblick keine Gefahr. Hoffentlich ...

Selten zuvor war Melody derart aufgeregt gewesen. Selten hatte sie solche Angst davor gehabt, erwischt zu werden. Was würde Granny Fay sagen, wenn sie Melody jetzt so sähe? Was Gants Leute mit ihr machen würden, daran wollte sie gar nicht erst denken.

Die schrecken vor nichts zurück, auch nicht vor

Mord. Die Warnung des Greifen hallte wie ein Echo durch ihren Kopf.

Sie musste vorsichtig sein ...

Der Gang endete vor einer Tür mit der Aufschrift:

Melody griff trotzdem nach der Klinke und drückte sie – und diesmal hatte sie Glück. Mit leisem Quietschen schwang die Tür auf. Dahinter herrschte Halbdunkel, nur eine vergitterte Lampe an der Wand verbreitete schmutzig gelbes Licht.

Plötzlich hörte Melody Schritte hinter sich. Gant und seine Leuten kamen unter Deck.

Rasch schlüpfte sie durch die schmale Öffnung und schloss die Tür hinter sich. Der Schweiß stand ihr auf der Stirn, obwohl sie in ihren durchnässten Klamotten fror.

Einen Moment lang verharrte sie hinter der Tür, um sich zu vergewissern, dass die Schritte nicht in ihre Richtung kamen. Dann suchte sie im Durcheinander des Laderaumes ein Versteck – und erlebte eine Überraschung.

Bis auf ein paar Kisten und Fässer war der Raum nämlich fast leer. In seiner Mitte befand sich jedoch ein Stuhl, der an die Deckensäule gebunden war.

Und auf diesem Stuhl saß – Melody traute ihren Augen kaum – kein anderer als Mr Clue.

Der Plan der Drachen

„Mr Clue!" Ihre Stimme war viel lauter, als Melody gewollt hatte. Erschrocken schlug sie die Hand vor den Mund.

Sie war einfach zu überrascht. Mit vielem hatte sie gerechnet, aber ganz sicher nicht damit, den alten Ladenbesitzer, der seit drei Monaten vermisst wurde, auf diesem Schiff anzutreffen!

Der arme Mr Clue sah ziemlich übel aus.

Seine Beine waren an die des Stuhls gefesselt, sein Oberkörper mitsamt der Stuhllehne an die Säule gebunden. Hager war er immer schon gewesen, aber jetzt schienen seine Gesichtszüge regelrecht eingefallen. Sein weißes Haar war lang und verwahrlost und ein Bart wucherte in seinem Gesicht. Sein Kopf hing auf die Brust herab, die sich unter keuchenden Atemzügen hob und senkte. Er schien zu schlafen.

Atemlos schlich Melody auf ihn zu. Die Planken knarrten leise unter ihren Füßen.

„Mr Clue?", flüsterte sie, aber der alte Mann regte sich nicht. „Mr Clue, ich bin's, Melody!"

Sie stieß ihn vorsichtig an. Als auch das nichts half, berührte sie ihn an der Wange.

„Mr Clue, bitte wachen Sie auf!"

Ein keuchender Atemzug und er hob den Kopf.

Melody erschrak.

Er hatte dunkle Ränder um die Augen, als ob er eine Ewigkeit nicht mehr geschlafen hätte. Zuerst hatte es den Anschein, als würde er Melody gar nicht bemerken. Sein Blick schien direkt durch sie hindurchzugehen. Aber dann plötzlich erkannte er sie – und es kam wieder Leben in sein eingefallenes Gesicht.

„Melody!", keuchte er. Seine Augen wanderten umher, so als wüsste er nicht, wo er sich befand. „Bist du es wirklich, Kind?"

„Ja und ich bin so froh, Sie lebend wiederzusehen! Ich hatte schon Angst ..."

„Ich auch", sagte Mr Clue und in seinen Augen blitzte für einen Moment der alte Schalk auf. „Diese Leute kennen kein Erbarmen. Sie haben mich in meinem Laden überfallen und verschleppt. Seitdem halten sie mich gefangen."

Also doch. Melody nickte.

„Wissen Sie, wer die sind?", fragte sie vorsichtig.

Mr Clue lächelte schwach. „Wir sollten aufhören, uns gegenseitig etwas vorzumachen. Ich hatte dir ja gesagt, dass ich einiges über Greifen weiß. Und die Tatsache, dass du hier bist, beweist mir, dass auch du inzwischen einiges erfahren hast."

„Das kann man so sagen." Melody nickte wieder.

„Der Greif, den du gefunden hast. Ist er inzwischen ...?"

„Er ist ausgewachsen und das wunderbarste Geschöpf, das Sie sich vorstellen können", berichtete Melody lächelnd. „Sein Name ist Agravain."

„Agravain", wiederholte der Alte mit wehmütigem Lächeln. „Irgendwie passend. Der letzte Greifenritter ..."

„Ich weiß", versicherte Melody und warf einen nervösen Blick zur Tür. „Aber ich fürchte, dies ist nicht der richtige Ort für alte Geschichten. Wenn Gant und seine Leute mich hier unten entdecken, bin ich verloren."

„Da hast du Recht." Mr Clue schüttelte das schlohweiße Haupt, wie um seine Gedanken zu ordnen. „Wo ist der Greif jetzt? Haben sie ihn ...?"

„Oben auf Deck", erwiderte Melody zerknirscht. „Sie haben ihn in einen Hinterhalt gelockt."

„Und du? Warum bist du hier?"

„Ich will ihn befreien. Deshalb habe ich mich an Bord geschlichen."

„Das war sehr tapfer von dir – und zugleich sehr dumm", erwiderte der Alte. „Ich fürchte, du hast keine Ahnung, mit wem du dich da eingelassen hast. Gant und seine Leute sind erst der Anfang von etwas, was noch sehr viel größer und schrecklicher ist, als …"

Er verstummte, als ein dumpfes Brummen das Schiff erzittern ließ – die Maschinen liefen an! Im nächsten Moment begannen die Planken unter ihren Füßen noch stärker zu schwanken.

„Wir legen ab", stellte Mr Clue fest.

„Wohin geht die Reise?", wollte Melody wissen.

„Zu einem Ort, von dem es keine Wiederkehr gibt", entgegnete der Alte düster. „Kannst du meine Fesseln losmachen?"

„Ich glaub schon", sagte Melody und bückte sich, um die Knoten aufzuziehen. Das war jedoch schwieriger als gedacht, denn ein paar davon waren echte Seemannsknoten. Doch schließlich hatte sie es geschafft – und Mr Clue war frei.

„Das tut gut", meinte der alte Mann und rieb sich die schmerzenden Handgelenke. „Nach all den Wochen …"

„Sind Sie die ganze Zeit über hier gewesen?", fragte Melody.

„Nein, zuerst hat man mich in einen Keller gebracht.

Jedenfalls nehme ich an, dass es ein Keller war, denn es roch feucht und muffig. Ich konnte nichts sehen, weil man mir die Augen verbunden hatte. In diesem Keller war ich, bis man mich vor ein paar Tagen auf dieses Schiff brachte."

„Wieso?", fragte Melody. „Was wollen diese Kerle von Ihnen? Und wieso wissen Sie so viel über Greifen?"

„Alles zu seiner Zeit, mein Kind. Ein spitzbübisches Grinsen huschte über Mr Clues Gesicht." Er versuchte von dem Stuhl aufzustehen, aber es gelang ihm nicht. Vom langen Sitzen war er ganz steif geworden. Schwerfällig sank er wieder zurück.

„Autsch!", stöhnte er. „Meine alten Knochen."

„Warten Sie, ich helfe Ihnen!" Melody kam und stützte ihn, indem sie sich seinen rechten Arm um die Schultern legte. Die ersten paar Schritte waren mühsam und schienen dem alten Mann echte Qualen zu bereiten. Aber dann wurde es immer besser, und schließlich konnte er wieder aus eigener Kraft stehen. Seine Cordhosen und das zerschlissene Hemd schlackerten lose um den dürren Körper. Mit dem verwahrlosten Haar und dem langen Bart sah er aus wie ein Schiffbrüchiger. Trotzdem strahlte Cassander Clue eine erstaunliche Würde aus.

„Danke, Melody. Das werde ich dir nie vergessen."

„Und jetzt?"

„Werden wir versuchen, Agravain zu befreien", sagte der Alte. „Er darf ihnen nicht in die Hände fallen, sonst ist alles verloren."

„Alles? Was heißt das?"

„Der Orden der Drachen will die Menschheit zurück in die Steinzeit befördern, in ein Zeitalter der Dunkelheit. Dies und nichts anderes ist sein Ziel."

„Okay, das habe ich verstanden. Aber was hat Agravain damit zu tun?"

„Ich weiß es noch nicht. Eines steht jedoch fest: Er ist der Schlüssel zu seinem finsteren Plan. Und er braucht ihn dafür lebend. Aber glücklicherweise hat dich die Vorsehung hergeschickt."

„Die Vorsehung?" Melody runzelte die Stirn.

„Ja, glaubst du denn, es war reiner Zufall, dass du den hier gefunden hast?", fragte Mr Clue und deutete auf den Ring an ihrem Zeigefinger.

„Na ja, ich ... ich dachte schon."

„Nichts geschieht aus Zufall. Deine Anwesenheit hier beweist es. Und nun lass uns gehen, es gibt Arbeit für uns. Wir müssen Agravain befreien."

„Und Roddy", fügte Melody hinzu.

„Der vorlaute Mr MacDonald ist auch an Bord?" Mr Clue hob eine buschige Braue.

Melody nickte. „Gant und seine Leute haben ihn entführt. Sie drohten, ihm etwas anzutun, wenn Agravain sich nicht stellte."

„Das sieht diesen Strolchen ähnlich." Grimmige Entschlossenheit zeigte sich in Mr Clues faltigem Gesicht. „Also gut. Dann such du nach dem Jungen. Um den Greifen werde ich mich kümmern."

„Sie?" Melody blickte an Mr Clues ausgezehrter Gestalt herab. „Bitte seien Sie mir nicht böse, aber ..."

„Sei unbesorgt", versicherte der alte Mann und zwinkerte ihr wissend zu, „mit diesen kahlköpfigen Widerlingen werde ich schon fertig. Du brauchst nur zu warten, bis der geeignete Zeitpunkt gekommen ist, dann kannst du Roddy befreien."

„Und wie weiß ich, wann es so weit ist?"

„Keine Sorge, du wirst es merken. Ich habe da nämlich noch ein paar Tricks auf Lager."

„Was denn für Tricks?", fragte Melody verblüfft.

Mr Clue beugte sich zu ihr herunter, so als wollte er ihr ein Geheimnis verraten. „Zaubertricks", flüsterte er dann.

Wilde Flucht

Melodys Herz klopfte wild. Nicht nur, dass sie Mr Clue endlich wieder begegnet war, sie hatte in ihm auch einen Verbündeten gefunden. Theoretisch, jedenfalls.

Leider waren Malcolm Gant und seine brutalen Glatzen hoffnungslos in der Überzahl. Und leider musste Melody zugeben, dass sie noch keinen Plan für die Befreiung ihrer beiden Freunde hatte.

Im Schutz der Dunkelheit schlich sie sich aus dem Laderaum hinauf auf Deck. Mr Clue vermutete, dass Roddy oben im Deckshaus festgehalten wurde, wo Mr Gant ihn befragen wollte. Mr Clue war inzwischen auf dem Weg zum Achterdeck. Wie der alte Mann es anstellen wollte, dabei ungesehen zu bleiben, war Melody ein Rätsel. Und sie wusste auch nicht, wie er es schaffen wollte, die Schlösser von Agravains Ketten aufzukriegen. Ihre Aufgabe war es, Roddy zu befreien, für alles andere wollte Mr Clue sorgen – und irgendwie hatte Melody das Gefühl, dass sie dem alten Mann vertrauen konnte, auch wenn er ihr geheimnisvoller vorkam als je zuvor.

Woher aber hatte er sein Wissen? Wieso war er nicht das kleinste bisschen erstaunt darüber, dass es Geschöpfe wie Greifen und Drachen wirklich gab? Und was hatte er vorhin mit „Zaubertricks" gemeint?

All diese Fragen schwirrten Melody im Kopf herum, während sie gebückt über das Vordeck huschte. Vorn am Bug standen zwei von Gants Leuten und unterhielten sich in ihrer fremden, altertümlichen Sprache. Melody duckte sich hinter eine Reihe von Bojen, die auf Deck verzurrt waren, und kroch auf allen vieren weiter. So erreichte sie das Deckshaus, aus dessen runden Bullaugenfenstern helles Licht fiel.

Mit heftig pochendem Herzen langte Melody bei der Metalltür an und wollte sie gerade öffnen – als sie zu ihrem großen Erstaunen von selbst aufging!

Gerade noch rechtzeitig konnte sie sich an die Wand drücken, da trat ein kahlköpfiger Schatten heraus.

Die Augen schreckgeweitet, stand Melody hinter der Tür und sah, wie der Mann an die Reling trat. Er kramte in seinen Manteltaschen. Wenn er sich umdrehte, war alles vorbei!

Aber Melody hatte Glück: Der Kerl förderte eine Zigarette zutage – doch das Feuerzeug wollte nicht funktionieren. Melody sah Fünkchen, aber keine Flamme.

Wütend schleuderte er das nutzlose Feuerzeug über die Reling und gab eine Verwünschung von sich. Dann stampfte er in Richtung Bug davon, um sich bei einem seiner Kumpane Feuer zu holen.

Das war Melodys Chance! Die Tür zum Deckshaus stand noch immer offen, und wenn sie ganz schnell war ... Sie überlegte nicht lange. Im nächsten Moment war sie schon um die offene Tür herum und ins Innere geschlüpft. Es war warm und die Luft war von Dieselgeruch getränkt, ihr wurde fast schwindelig. Auf beiden Seiten des kurzen Gangs befanden sich Türen – wo war Roddy?

Melody war noch nicht weit gekommen, als sie hinter der Tür zu ihrer Linken Stimmen hörte. Eine tiefe, bedrohlich klingende und eine andere, sehr viel hellere – Malcolm Gant und Roddy!

„... wenn meine Eltern erfahren, dass sie mich entführt haben, können Sie sich auf was gefasst machen!", hörte Melody Roddy sagen. „Auf Kindesentführung steht lebenslänglich! Mindestens!"

„Nur wenn ich gefasst werde", gab Gant gelassen zurück. „Und wenn du jemals gefunden wirst – was unwahrscheinlich ist."

„Was wollen Sie tun? Mich ins Meer werfen? Irgendwann werde ich doch wieder an Land gespült!"

„Nicht, wenn ich dich vorher an die Haie verfüttere, Kleiner. Wusstest du, dass es hier draußen vor der Küste welche gibt? Ziemlich große und gefräßige sogar …"

Melody verkrampfte sich. Denn sie zweifelte keine Sekunde daran, dass Gant seine Drohung wahr machen würde. Sie musste etwas unternehmen – aber was? Sie konnte ja schlecht einfach hineinmarschieren. Mit Gant konnte sie es allein nicht aufnehmen. Und auch der andere Glatzkopf würde wieder zurückkehren, wenn er seine Zigarette fertig geraucht hatte.

Mr Clue hatte gesagt, dass sie sofort merken würde, wenn es so weit war. Was genau bedeutete das?

Auch Roddy war die Einschüchterung deutlich anzuhören. „Das dürfen Sie nicht!", rief er hilflos. „Und überhaupt, warum halten Sie mich hier fest? Ich habe Ihnen nichts getan!"

„Du weißt von uns und unseren Plänen", hielt Mr Gant unbarmherzig dagegen. „Das genügt."

„Was weiß ich denn schon? Nur, dass Sie gerne Glatze tragen und auf schwarze Klamotten stehen. Das ist auch schon alles."

„Du weißt von den Greifen und den Drachen – und damit sehr viel mehr als der Rest der Menschheit. Du bist ein Risiko, Junge. Denn die Welt soll völlig ahnungslos sein, wenn das Unheil über sie hereinbricht."

„Welches Unheil denn?"

Gant lachte. „Erwartest du wirklich, dass ich dir das sage? Nur so viel: Wir stehen kurz vor dem Ziel – und das haben wir dir und Melody Campbell zu verdanken."

Melody bekam rote Ohren. Hatte der Kerl gerade ihren Namen erwähnt?

„W-was soll das heißen?", stammelte Roddy.

„Ganz einfach: dass wir nur mit eurer Hilfe den Greifen einfangen konnten. Du musst wissen, dass die Biester wahre Meister der Tarnung sind. Wir hatten keine Ahnung, wo er sich verborgen hält – bis ihr uns zu ihm geführt habt."

Melody erschrak bis ins Mark. War das die Wahrheit?

Hatte Gant sie in eine Falle gelockt?

„Das ist nicht wahr!", rief Roddy, der es auch nicht glauben wollte.

„Oh doch, Junge! Damals im Wald waren wir schlecht vorbereitet, deshalb konnte uns das Vieh entkommen. Aber diesmal haben wir nichts dem Zufall überlassen. Wir haben euch beobachtet, schon die ganze Zeit über. Wir wussten, dass der Greif früher oder später Kontakt mit euch aufnehmen würde. Und als das Ziel eurer Klassenfahrt so kurzfristig geändert wurde, war uns klar, dass das kein Zufall sein konnte."

Melody musste sich den Mund zuhalten, um ihre Wut nicht laut hinauszuschreien.

Sie hatte immer geglaubt, furchtbar schlau und geheim zu handeln – dabei war sie längst durchschaut worden. Schlimmer noch, Gant hatte sie dazu gebracht, ihn zu Agravain zu führen! Also war es einzig und allein ihre Schuld, dass er jetzt hilflos und betäubt auf dem Achterdeck lag.

Verzweiflung packte Melody. Alles, alles hatte sie falsch gemacht, von Anfang an ...

„Ihr habt es uns leicht gemacht, deine Freundin und du, dafür möchten wir euch danken", sagte Gant höhnisch.

„Indem sie mich an die Fische verfüttern?"

„Humor hast du, das muss man dir lassen." Gant lachte schallend. „Vielleicht sollte ich dich doch in unseren Plan einweihen, ehe ich dich über Bord werfe. Irgendwie hast du dir das verdient. Also hör gut zu: Das Blut des Greifen ist der Schlüssel. Wir brauchen es für die Chi..."

In diesem Moment erscholl heiseres Geschrei auf dem Achterdeck. Mehrere Männer brüllten wild durcheinander.

Zwar konnte Melody kein Wort verstehen, aber sie hörte Panik in ihren Stimmen.

Dann zerfetzte ein ganz anderer Schrei die Dunkelheit, schrill wie das Kreischen eines Adlers und mächtig wie das Gebrüll eines Löwen. Und beinahe im selben Moment vernahm Melody Agravains Stimme in ihrem Kopf.

„*Jetzt!*", hörte sie ihn sagen.

Schwingen der Nacht

Malcolm Gant hatte zu reden aufgehört.
Einen Augenblick lang herrschte Schweigen.
Dann flog die Tür der Kajüte auf, und er stürmte heraus in seinem schwarzen Mantel, aber ohne Perücke. Melody, die damit gerechnet hatte, presste sich hinter der Tür an die Wand. Sie konnte das hektische Stampfen seiner Füße hören. Dann war er auch schon hinaus auf Deck gestürmt, wo er heisere Befehle gab.
Der Weg zu Roddy war frei. Rasch schlüpfte Melody in die Kajüte und zog die Tür hinter sich zu. Roddy war sitzend an einen Stuhl gefesselt. Über ihm hing eine nackte Glückbirne von der Decke, die ihn mit ihrem grellem Licht blendete. Seine Kleider waren schmutzig, den Kopf hielt er gesenkt.

„Hallo, Roddy", sagte Melody leise.

„Mel-Melly?" Roddy blickte auf. Sein Haar war zerzaust und seine Brille hatte einen Sprung. Vor Staunen fiel ihm fast die Kinnlade herunter. „Was machst du denn hier?"

„Was wohl?", fragte Melody lächelnd. „Ich wollte fragen, ob wir zusammen ein Tässchen Tee trinken wollen."

„Ei-ein Tässchen Tee?" Roddy schaute sie entgeistert an. „Echt jetzt?"

„Ich hol dich hier raus, du Spinner", sagte Melody, während sie begann, seine Fesseln aufzuknoten.

„Wirklich wahr?" Roddy schien unfähig, sich zu freuen. Seinem bleichen Gesicht nach zu urteilen, hatte er ziemlich viel durchgemacht.

„Wirklich wahr", bestätigte Melody. Die Knoten waren weit weniger kompliziert als die bei Mr Clue, im Handumdrehen hatte sie sie gelöst. „Los jetzt!", zischte sie Roddy zu, als die Schnüre zu Boden fielen. „Schnell weg, ehe dieser Fiesling Gant zurückkommt!"

„Aber wohin denn?", fragte Roddy. „Wir sind auf einem Schiff …"

Melody blickte ihn erschrocken an.

Es war zwar völlig idiotisch, aber sie war so sehr damit beschäftigt gewesen, ihre Aufregung in Zaum zu halten, dass sie an diese einfache Tatsache nicht gedacht hatte.

„*Aufs obere Deck!*", befahl ihr in diesem Moment Agravains Stimme.

Melody überlegte nicht lange. „Los!", zischte sie, nahm Roddy an die Hand, zog ihn auf die Beine und zur Tür. Melody öffnete sie einen Spaltbreit und spähte hinaus.

Der Gang war menschenleer. Dafür hörte sie heiseres Geschrei und immer wieder wütendes Gebrüll, das nur aus Agravains Greifenkehle stammen konnte. Ein erbitterter Kampf schien auf dem Achterdeck entbrannt zu sein!

Mit Roddy an der Hand eilte sie den Gang hinab. Dabei schwankten sie beide hin und her, denn das Schiff hatte inzwischen Kurs auf die offene See genommen, wo die Wellen sehr viel höher waren. Entsprechend schwierig war es, die steile Treppe hinaufzusteigen, die am Ende des Gangs aufs Oberdeck führte. Zweimal rutschte Melody ab und holte sich blaue Flecke, dann hatte sie es geschafft.

Vorsichtig spähte sie aus dem Niedergang auf das schmale Deck, auf dem sich auch das Steuerhaus befand. Es war unbesetzt! Jeder einzelne Mann an Bord schien auf dem Achterdeck im Einsatz zu sein, der Autopilot steuerte den Trawler.

Erleichtert stieg Melody die restlichen Stufen hinauf, gefolgt von Roddy, der völlig außer Atem war. Der Lärm von achtern wurde schlagartig lauter, und endlich konnten Melody und Roddy sehen, was dort vor sich ging.

Es war ein gespenstisches Schauspiel. Agravain war nicht nur erwacht, sondern hatte sich auch von seinen Ketten losgerissen. Zusammen mit Mr Clue, der sich schützend vor ihn gestellt hatte, stand er am hintersten Rand des Achterdecks. Gant und seine Gefolgsmänner bedrohten ihn mit Enterhaken und Gewehren.

So froh Melody einerseits darüber war, Agravain und Mr Clue lebend und unverletzt zu sehen, so sehr fürchtete sie auch um ihr Leben. Denn die Schergen des Drachenordens rückten Stück für Stück vor und drängten sie immer weiter zurück. Noch ein Schritt, und Mann und Greif würden in die wogende See stürzen, die sich hinter dem flachen Achterdeck hob und senkte. Immer wieder stieß Agravains Schnabel vor, worauf die Kerle ein Stück zurückwichen. Aber schon im nächsten Moment kamen sie wieder heran und schwenkten dabei ihre Waffen.

„Gebt auf!", brüllte Malcolm Gant übers Achterdeck. Schlauerweise hatte er sich hinter seinen Leuten postiert, außer Reichweite von Agravains scharfem Schnabel. „Ihr könnt uns nicht entkommen!"

„Ach nein?", fragte Mr Clue zurück und lachte spöttisch. „Die Ketten waren schon mal kein Hindernis."

„Ich weiß nicht, wie du das geschafft hast, alter Mann", knurrte Gant, kochend vor Wut. „Aber jetzt ist das Spiel aus!"

„Niemals, Malagant!", rief Mr Clue. Eiserne Entschlossenheit stand in seinem Gesicht.

„Hör auf, mich bei diesem Namen zu nennen, du Narr!", schrie Malcolm Gant zurück.

„Warum? Verträgst du die Wahrheit nicht? Dein Vorfahr war ein Verräter genau wie du und ein Versager obendrein. Sein Plan, die Welt ins Dunkel zu stürzen, ist gescheitert."

„Ich habe nicht vor, die Fehler meines Ahnen zu wiederholen. Diesmal werden wir alles richtig machen und niemand wird uns aufhalten. Jetzt aber genug geredet, alter Mann!" Es folgte ein heiserer Befehl in der Geheimsprache des Ordens – und die Männer legten die Gewehre an.

Dann überstürzten sich die Ereignisse: Agravains Haupt schnellte vor. Und noch ehe der erste Schütze feuern konnte, hatte der Greif ihn mit dem Schnabel gepackt und in die Luft gerissen. Der Mann brüllte wie am Spieß, als Agravain das Haupt in den Nacken warf und dabei den Schnabel öffnete – der Kahlkopf flog in hohem Bogen über Bord und stürzte ins Meer. Einer seiner Kumpane eilte zur Reling, um ihm einen Rettungsring zuzuwerfen. Die anderen feuerten ihre Betäubungsgewehre ab.

„Nein", hauchte Melody, die glaubte, dass nun alles vorbei wäre.

Aber die kleinen Pfeile erreichten Agravain und Mr Clue nicht! Mitten in der Luft blieben sie stehen, als steckten sie in einer unsichtbaren Wand.

Einen Augenblick lang schien die Zeit stillzustehen. Gant und seine Leute waren wie erstarrt. Sie konnten einfach nicht glauben, was sie da sahen. Genau wie Melody und Roddy, die vom Oberdeck aus zugesehen hatten. Ihr Blick fiel auf Mr Clue, der den Kopf zwischen die Schultern gezogen hatte und die Augen geschlossen hielt. Dabei stand er auf einem Bein und hatte die Arme ausgebreitet. Dann klatschte er plötzlich in die Hände – und die Geschosse, die eben noch in der Luft geschwebt hatten, fielen alle senkrecht auf die Planken des Achterdecks herab.

„Jetzt, Agravain!", brüllte Mr Clue, noch während Gant und seine Leute ihn ungläubig anstarrten. Da bäumte sich der Greif auf, stieß sich von Deck ab und sprang hoch. Erst in der Luft breitete er seine Flügel aus. Einen quälenden Augenblick lang sah es aus, als würde er wieder zurückstürzen. Doch sein kraftvoller Flügelschlag trug ihn in die Höhe.

„Worauf wartet ihr Idioten? Schießt!", brüllte Gant, der in der Aufregung ganz vergessen hatte, die Geheimsprache zu benutzen. Seine Leute luden hastig nach und feuerten noch einmal, doch alle Geschosse ver-

fehlten ihr Ziel. Denn der alte Mr Clue fuhr wie ein Blitz unter die Männer in den schwarzen Mänteln.

Ohne sie auch nur zu berühren, schlug er zwei von ihnen nieder. Einen dritten, der mit einem Enterhaken auf ihn losging, fegte er über die Reling ins Meer. Doch dann wurden es zu viele.

Entsetzt sahen Melody und Roddy, wie sich eine ganze Gruppe von Angreifern gleichzeitig auf Mr Clue stürzen wollte. Der alte Mann wich zurück – und trat plötzlich ins Leere. Die Arme in die Luft werfend, kippte er nach hinten und stürzte in die dunklen Fluten, die ihn sofort verschlangen.

„Mr Clue!", schrie Melody entsetzt. Gant und seine

Leute fuhren herum und starrten entgeistert zu ihr hoch.

„Oh-oh", machte Roddy.

Für einen Moment schien es, als würden Gant die Augen aus dem Kopf fallen. Dann überzog Zornesröte seinen kahlen Kopf und er schrie: „Los doch, ihr faules Pack! Schnappt euch das elende Gör!"

Melody wich vom Geländer des Oberdecks zurück, aber natürlich wusste sie, dass sie das nicht retten würde. In wenigen Minuten würde sie wieder in der Gewalt des Ordens sein. Da hörte sie auf einmal über sich ein Rauschen. Alle blickten zum Himmel empor. Da sauste Agravain wie ein Komet aufs Oberdeck herab.

„*Aufsteigen, schnell!*"

Er hätte es nicht einmal zu sagen brauchen. Melody war schon halb aufgesessen. Oben streckte sie sofort die Hand nach Roddy aus.

„Los, worauf wartest du?"

„I-ich weiß nicht …"

„Willst du lieber bei den Glatzköpfen bleiben?"

Von unter Deck drang heftiges Poltern herauf. Gants Leute hatten die Treppe erreicht und stürmten heran. Schon erschien der Erste auf dem Oberdeck, zähnefletschend wie ein Raubtier.

„Nein!", rief Roddy und packte Melodys Hand, die ihn nach oben zog. Sofort stieß Agravain sich von den Planken ab und schnellte wie von einem Katapult geschleudert in die Höhe. Melody und Roddy merkten, wie die Luft aus ihrer Lunge gedrückt wurde, so schnell ging es hinauf. Für einen Moment konnten sie noch Gants Gebrüll und das Wutgeschrei der Männer hören, doch bald vernahmen sie nur noch Agravains Flügelschlag. Sie waren dem Bund der Drachen entkommen.

„Juchuuu!", schrie Melody ausgelassen und genoss den Wind in ihrem Gesicht, fühlte sich frei und lebendig. Doch da fiel ihr Mr Clue ein.

„Agravain", sagte sie, „wir müssen umkehren!"

„*Das dürfen wir nicht.*"

„Aber Mr Clue, er ist ..."

„*Ich weiß*", sagte der Greif nur. „*Aber er hat es mir verboten. Er sagte, wenn ihm etwas zustoßen sollte, dürfte ich auf keinen Fall umkehren. Ich musste es ihm versprechen, sonst hätte er mich nicht von den Ketten befreit.*"

„Aber wir können ihn doch nicht einfach zurücklassen!", rief Melody verzweifelt. „Wir verdanken ihm alle drei unser Leben! Oder hast du Angst, Gant und seine Glatzköpfe könnten uns ein zweites Mal erwischen?"

„*Das ist durchaus möglich*", räumte Agravain ein. Er klang noch ernster. „*Aber es sind nicht die Menschen, die mir Angst machen ...*"

Plötzlich war über ihnen ein grässliches Fauchen zu vernehmen. Ein dunkler Schatten fiel auf sie und die Nacht selbst schien lebendig zu werden.

Kampf in den Lüften

Melody und Roddy wandten den Kopf nach oben – und erblickten das blanke Grauen.

Eine riesige Kreatur schwebte über ihnen.

Ihre Flügel waren wie die einer gigantischen Fledermaus, schwarz und ledrig, und ihre Spannweite übertraf die von Agravain fast um das Zweifache. Der Schwanz war lang und stachelbewehrt und ringelte sich wie eine Schlange. Am grausigsten jedoch war der Kopf, der von Schuppen besetzt war und mit Hörnern bewehrt; ein Maul voller spitzer Reißzähne klaffte darin. In den Reptilienaugen loderte ein wildes Feuer. Gleichzeitig wehte den Freunden ein unerträglicher Gestank entgegen, eine Mischung aus Ruß und Schwefel.

Obwohl Melody und Roddy so eine Kreatur wie

diese in der Natur noch nie gesehen hatten, wussten sie sofort, was es war.

„Ein Dra... ein Dra... ein Dra...!", rief Roddy aufgeregt. Er kauerte hinter Melody auf dem Rücken des Greifen und hatte die Arme um ihre Hüften geschlungen.

Da griff der Drache auch schon an. Er bog den Hals zurück, um frische Luft in seine Nüstern zu ziehen.

„*Festhalten!*", schärfte Agravain Melody ein, die sich sofort, so fest sie nur konnte, in sein Fell krallte. Der Greif legte die Flügel an und ließ sich einfach fallen.

Senkrecht ging es hinab und das keinen Augenblick zu früh. Denn der Drache riss den Schlund auf und ein lodernder Feuerstrahl schoss daraus hervor. Die Flammen züngelten zwar ins Leere, aber Melody konnte trotzdem die sengende Hitze des Drachenfeuers spüren. Agravains Befürchtung war also richtig gewesen. Nicht nur er hatte die Zeiten überdauert, sondern auch ein Drache. Und dieser Drache kämpfte nun auf der Seite des Ordens!

Kaum war Agravain in den Sturzflug übergegangen, als es erneut über ihnen zu rauschen begann. Etwas schoss in der Dunkelheit an ihnen vorbei. Der Brandgeruch raubte Melody den Atem, sodass sie sich wegdrehte. Hatte sie nicht eben eine menschliche Gestalt gesehen? Saß da nicht ein Reiter auf dem Drachen? Das riesige Tier blieb in der Luft stehen und sammelte

Atem für einen weiteren Feuerangriff. Diesmal reagierte Agravain schneller und brach zur Seite aus. Die Flammen schossen an ihm vorbei und machten die Nacht zum Tag. Agravain flog eine enge Kurve und hielt wieder auf die Küste zu, die sich als dunkles Band vor ihnen abzeichnete.

Der Drache stieß einen Wutschrei aus, der Melody durch Mark und Bein ging. Dann nahm er die Verfolgung auf und die wilde Jagd ging weiter.

Sie hatten an Höhe verloren. Nur noch zehn, vielleicht fünfzehn Meter trennten sie von den weißen Schaumkronen der See – und Agravain tauchte noch weiter hinab! Er glitt so dicht über der Wasseroberfläche dahin, dass seine Flügelspitzen beinahe die Wellen berührten. Melody und Roddy konnten das Salz riechen und spürten die Gischt im Gesicht. Das Schiff mit Gant und seinen Schergen war hinter den sich auftürmenden Wellenbergen verschwunden.

Abrupt legte sich Agravain in die Kurve und wich einer Woge aus, um dann gleich wieder ins nächste Wellental zu tauchen. Melody stülpte sich der Magen um – fast wie auf der Achterbahn.

„Oh-oh", stöhnte Roddy hinter ihr.

„Was ist?", fragte Melody über die Schulter.

„Mir ist schlecht. Müssen wir so tief fliegen?"

„*Nein*", gab Agravain zur Antwort. „*Wir können auch höher fliegen, aber dann werden wir gegrillt. Die feuchte Luft sorgt dafür, dass der Drache kein Feuer speien kann.*"

„Ja, müssen wir", übersetzte Melody kurzerhand für Roddy – worauf sie hinter sich ein Würgen hörte.

Was immer die Entführer Roddy zu essen gegeben hatten, jetzt flog es mit dem Wind davon und klatschte ins Meer.

„Geht es wieder?", fragte sie.

„Hm", erwiderte Roddy nur und klammerte sich weiter an ihr fest, während Agravain seine wilden Flugmanöver fortsetzte.

Inzwischen hatten sie die Küste fast erreicht. Ein

kurzer Blick zurück zeigte Melody, dass der Drache ihnen noch immer auf den Fersen war. Da er aber momentan kein Feuer spucken konnte, blieb ihm nichts, als ihnen zu folgen. Und das schien ihm auf die Dauer einige Mühe zu bereiten. Denn seine Flügel waren zwar größer und kräftiger als die des Greifen, aber dafür war er auch sehr viel schwerer. Mit seinen ledrigen Schwingen schlug er wild auf und ab, um Agravain einzuholen. Aber es gelang ihm einfach nicht – und das, obwohl sein Reiter ihn ständig antrieb.

Ganz deutlich konnte Melody den Drachenreiter jetzt sehen: eine schlanke Gestalt, von Kopf bis Fuß in schwarzes Leder gekleidet. Auf dem Kopf trug er eine Art Ritterhelm, dessen Visier aus getöntem Glas war. Wer immer der Kerl war, er verstand es, den Drachen mit den Zügeln geschickt zu lenken: Man konnte beinahe meinen, Reiter und Tier seien eins.

„Agravain, die Felsen!", rief Melody, als die Klippen schroff und steil vor ihnen emporwuchsen. Unbeirrt hielt der Greif darauf zu.

„*Keine Sorge, haltet euch nur gut fest!*", rief er. Da begann Melody zu ahnen, was er vorhatte. Sie konnte nur hoffen, dass er wusste, was er tat.

„Festhalten, Roddy!", rief sie über die Schulter.

„Was?"

„Festhalten!", wiederholte sie.

Dann war es auch schon so weit: Völlig unvermittelt

brach Agravain nach oben aus, indem er mit den Flügeln rüttelte und sich mit den Hinterbeinen an der Felswand abstieß. Für einen Augenblick sah es so aus, als würde er den Kampf gegen die Naturkräfte verlieren. Aber dann ging es plötzlich wieder steil hinauf. Der Fels raste an ihnen vorbei, als würden sie mit einem Fahrstuhl nach oben flitzen.

Melody und Roddy schrien, vor Erleichterung und Angst zugleich.

Der Drache hatte weniger Glück. Zwar versuchte auch er, den Aufprall abzufangen. Doch da er größer und schwerer war als Agravain, gelang es ihm nicht. Das schwarze Scheusal krachte gegen den Fels und löste einen kleinen Steinschlag aus. Leider war der Aufprall nicht stark genug, um die Kreatur oder ihren Reiter unschädlich zu machen. Wie von Sinnen mit den Flügeln schlagend, gewann der Drache die Kontrolle zurück. Dann schoss er ebenfalls an der senkrecht aufragenden Wand empor, den Flüchtlingen hinterher.

Agravain hatte unterdessen das obere Ende erreicht und flog in eine schmale Schlucht, die von der Küste landeinwärts verlief, geradewegs auf die Berge zu. Während der Greif mit seiner geringeren Flügelspannweite gerade noch zwischen den Wänden der Schlucht hindurchpasste, hatte der Drache keine Chance. Er musste höher steigen und sich damit begnügen, seine Opfer mit Blicken zu verfolgen.

Als die Schlucht sich verzweigte, schlug Agravain wilde Haken im Bemühen, den Drachen abzuhängen, aber immer wieder tauchte das schlangenhafte Monstrum am Himmel über ihnen auf. Schließlich erreichten sie die Berge, wo die Schlucht endete. An einem Wasserfall, der aus großer Höhe herabstürzte, schwang sich Agravain empor. Dass Melody und Roddy dabei klitschnass wurden, war ihnen egal. Sie wollten nur fort, weg von dem Drachen und seinem verzehrenden Feuer. War es ihnen gelungen? Als sie aus dem Wassernebel auftauchten, schien alles ruhig.

Melody konnte Felsen und grasbedeckte Hänge sehen, vereinzelte Büsche und Sträucher und darüber das Sternenzelt – aber keine Spur von ihrem Verfolger.

„Agravain", rief sie voller Ehrfurcht. „Ich glaube, du hast es gesch…"

Sie roch den Schwefelgestank, noch bevor sie das Fauchen hörte – und dann wurde es hell und so heiß, dass ihr Haar versengt wurde.

Voller Entsetzen schrie Melody laut auf. Auf einmal wusste sie nicht mehr, wo oben und wo unten war. Erst Augenblicke später wurde ihr klar, dass Agravain mit einem gewagten Flugmanöver versuchte, sie aus der Gefahrenzone zu bringen. Er drehte sich um die eigene Achse und sauste so im Schraubflug in die Tiefe. Schließlich jedoch breitete er unvermittelt wieder die Flügel aus und segelte in die kühle Nacht hinaus.

„Le...leben wir noch?", rief Roddy von hinten.

„Ich glaub schon", stöhnte Melody. Ganz sicher war sie sich nicht.

„Das war knapp, sehr knapp", hörte sie Agravain sagen. *„Ich fürchte, ich kann den Drachen nicht abschütteln. Er ist älter und deshalb viel stärker und erfahrener als ich."*

„Was willst du dann tun?", fragte Melody. Nie zuvor hatte sie Agravain so verzweifelt erlebt.

„Das, was Greifen von jeher getan haben, wenn sie in einen aussichtslosen Kampf verstrickt waren."

„Und das wäre?"

„Wir schützen unsere Reiter", erwiderte Agravain nur und schlug kräftig mit den Flügeln. Gleichzeitig streckte er sich und beschleunigte. Seine Muskeln mussten ihm schon wehtun vor lauter Anstrengung.

Mit atemberaubendem Tempo schoss er an einem Hang empor, dann in das nächste Tal, bis zu dessen Sohle und darüber hinaus. Doch der Drache blieb ihnen auf den Fersen.

„Wohin fliegst du?", wollte Melody wissen.

„Zurück ins Marschland."

„Ins Marschland? Aber dort gibt es nur Felsen und ein paar Bäume. Dort kannst du dich nicht verstecken!"

„Ich weiß", versicherte der Greif, *„aber du und Roddy, ihr werdet dort sicher sein."*

„Was soll das heißen?"

„*Dass wir uns trennen werden.*"

„Nein", widersprach Melody. „Das will ich nicht!"

„*Du hast keine Wahl, Melody.*"

„Aber du hast versprochen …"

„*Ich habe geschworen, dich zu beschützen. Und genau das werde ich tun. Oder soll ich mein Greifenehrenwort brechen?*"

„Nein, aber …"

Erneut spie der Drache Feuer.

Zwar entgingen sie den sengenden Flammen auch diesmal um Haaresbreite, doch Melody war klar: Sie konnten dieser rasenden, Feuer speienden Bestie nicht ewig davonfliegen. Irgendwann würde Agravain müde werden und dann …

Er breitete die Flügel aus und ging tiefer. In rasender Geschwindigkeit näherte sich ihnen der felsige Boden mit seinen gefährlichen Moorlöchern.

„*Macht euch bereit!*"

„Agravain, ich …"

„*Ich weiß, liebe Freundin*", erwiderte der Greif nur.

Dann war es auch schon so weit: Vorder- und Hinterläufe weit von sich gespreizt, setzte Agravain zur Landung an. Geschmeidig wie eine Katze setzte er auf allen vieren auf und schüttelte Melody und Roddy von seinem Rücken – um sich im Bruchteil einer Sekunde schon wieder in die Lüfte zu schwingen.

Der Drache schoss wie ein Phantom aus dem dunklen

Himmel und pflügte nur wenige Meter über Melody und Roddy hinweg. Dann nahm er die Verfolgung Agravains wieder auf.

Atemlos schauten Melody und Roddy zu, wie beide, Greif und Drache, in den Himmel stiegen, immer höher und höher. Dabei hielten sie aufs offene Meer zu, über dem die Nacht allmählich verblasste und der Morgen heraufdämmerte. Warum Agravain gerade dorthin flog, wo es keine Deckung für ihn gab, war Melody ein Rätsel. Alles, was sie tun konnte, war dazustehen und zuzusehen.

Ihr Herz raste und sie ballte die Fäuste, dass ihre Knöchel weiß hervortraten. Sie hatte solche Angst um Agravain ...

Inzwischen konnte man die Silhouetten von Greif und Drache weit draußen über dem Meer kaum noch erkennen. Dennoch wusste Melody genau, welcher der beiden Punkte Agravain war. Plötzlich geschah es: Eine grelle Flamme zuckte wie ein Blitz über den Himmel – und im nächsten Augenblick stürzte einer der beiden Punkte wie ein Stein in die Tiefe und versank im Meer.

„Agravain, nein!", rief Melody noch. Dann wurde ihr schwarz vor Augen und sie verlor das Bewusstsein.

Das Erwachen

„Melly? Melly, bitte komm zu dir!"
Melody hörte die Stimme. Wie aus weiter Ferne drang sie an ihr Ohr. Plötzlich hatte sie das Gefühl, unbedingt erwachen zu müssen. Sie schlug die Augen auf, aber das Licht war so grell, dass sie sie gleich wieder zumachte.
„Ich glaube, sie wacht auf", sagte eine zweite Stimme.
„Es wird auch Zeit", sagte die erste.
Melody blinzelte. Als ihre Augen sich endlich an das Tageslicht gewöhnt hatten, blickte sie in ein sonnengebräuntes Gesicht, das von glänzendem schwarzem Haar umrahmt wurde. Ein blaues Augenpaar schaute sie erwartungsvoll an.
„*Bonjour*, Melody. Geht es dir gut?"
„Colin?"

Sobald sie ihn erkannt hatte, war es ihr auf einmal furchtbar peinlich, halb weggetreten auf dem Boden zu liegen. Sie versuchte, sich aufzusetzen, aber das war gar nicht so einfach. Ihr war derart schwindlig, dass sie gleich wieder zurücksank. Irgendwer hatte ihr eine Jacke als Kissen unter den Kopf geschoben und sie lag unter einer Decke.

„Colin", hauchte sie, „wie …?"

„Pst, nicht sprechen", mahnte er. „Du bist noch zu schwach."

„Wa-was ist passiert?", fragte Melody verwirrt. „Warum bist du hier?"

„Weil ich ihn gerufen habe", sagte die Stimme, die Melody vorhin zuerst gehört hatte. Ein zweites Gesicht schob sich in ihr Blickfeld. Es gehörte Roddy. „Bitte entschuldige, aber du warst derart weggetreten, dass ich Angst um dich bekommen habe. Also habe ich Mr Freefiddle angerufen – na ja, und der Rest der Klasse ist gleich mitgekommen."

„Der Rest der Klasse?"

Melody fuhr hoch – nur um zu sehen, dass tatsächlich die ganze Klasse anwesend war. Im Kreis hatten sich ihre Mitschüler um sie versammelt und starrten sie staunend an. Ashley McLusky war die Einzige, der es nicht die Sprache verschlagen hatte.

„Seht ihr? Ich hab doch gleich gesagt, dass sie blufft! Die wollte doch nur unsere Aufmerksamkeit. Wenn ich daran denke, dass ich jetzt in meinem Zelt liegen und mich endlich mal wieder richtig ausschlafen könnte …"

„Aber Ashley, wie kannst du nur so etwas sagen?", fragte Mr Freefiddle vorwurfsvoll. „Somnambulismus ist ein ernsthaftes Leiden. Wir können froh sein, dass Melody nichts zugestoßen ist!"

„Somnambu… *was?*", fragte Melody verwirrt. Sie kauerte noch immer auf dem Boden, der Kopf schwirrte ihr.

„Schlafwandeln", übersetzte Roddy und warf ihr einen vielsagenden Blick zu. „Ich hab Mr Freefiddle alles erzählt: dass du nachts manchmal in der Gegend rumläufst und dann am nächsten Tag nicht mehr weißt, wo du bist."

„In der Tat eine merkwürdige Sache, biologisch betrachtet", meinte Mr Freefiddle, jetzt wieder ganz der Wissenschaftler. „Wir können von Glück sagen, dass Roddy etwas gemerkt hat und dir gefolgt ist, Melody. So konnte er dich rechtzeitig aus dem Moorloch ziehen, in das du gestürzt bist."

„Bin ich das?"

„Allerdings. Und danach hat er mich über Handy alarmiert", fügte Freefiddle hinzu. „Das war vorbildlich, Mr MacDonald", sagte er und klopfte Roddy anerkennend auf die Schulter.

„Danke, Sir." Roddy wurde ein bisschen rot.

„Gleich nach unserer Rückkehr werde ich dich bei

Rektor McIntosh für den diesjährigen Verdienstorden der Schule vorschlagen."

„Äh ... danke." Roddy wurde noch röter.

„Und was ist mit mir?", fragte Ashley. Völlig zerzaust und ungeschminkt stand sie da in ihrem pinkfarbenen Anorak. Ein bisschen wie ein Bild ohne Farbe ... „Den Verdienstorden bekomme doch ich jedes Jahr!"

„Dann ist es vielleicht an der Zeit, mal abzuwechseln", meinte Mr Freefiddle. „Wahrscheinlich hat Roddy Melody das Leben gerettet. Sie wäre vielleicht in dem Moorloch ertrunken, wenn er sie nicht herausgezogen hätte. Er ist ein echter Held!"

„Ein Held? Der?" Ashley deutete auf Roddys verdreckte Kleidung. „So ein Unfug! Der hatte doch solche Angst, dass er sich in die Ho..."

Sie unterbrach sich, als sie die Blicke ihrer Freundinnen bemerkte. Jäh wurde ihr klar, dass sie sich gerade um Kopf und Kragen redete. Wenn Mr Freefiddle erfuhr, dass sie Roddy in der Nacht aufgelauert hatten, würde es ein Riesendonnerwetter geben. Und Ashley hatte keine Lust darauf, die verbleibende Zeit bis zu den Ferien mit Nachsitzen zu verbringen.

„Ja, Ashley?", hakte Colin nach. „Du wolltest etwas sagen?"

Ashley starrte ihn an. Ihre blassen Wangen blähten sich wie bei einem Fisch, der auf dem Trockenen gelandet war. Ihre ganze dürre Gestalt bebte vor mühsam unterdrückter Wut. „Nein", würgte sie trotzdem hervor und versuchte ein Lächeln, doch es sah eher so aus wie ein Zähnefletschen. „Es ist alles in bester Ordnung. Wenn jemand den Orden verdient hat, dann Roddy MacDonald."

„So ist es", bestätigte Mr Freefiddle und begann zu klatschen und zumindest ein Teil der Klasse schloss sich dem Beifall an. Sogar aus Ashleys Clique zollten einige Roddy ihre Anerkennung, sehr zum Missfallen ihrer Anführerin.

Roddy war die Sache eher peinlich. „Entschuldige", raunte er Melody zu. „Aber du warst so weggetreten, dass ich mir nicht anders zu helfen wusste. Ich musste Mr Freefiddle rufen. Und etwas anderes als die Sache mit dem Schlafwandeln ist mir auf die Schnelle nicht eingefallen."

„Schon okay", beruhigte Melody ihn und lächelte schwach. Inzwischen war ihre Erinnerung an die dramatischen Ereignisse der letzten Nacht zurückgekehrt – an Roddys Entführung, an die Flucht von dem Schiff und den Kampf mit dem Drachen. „Ist er …?", fragte sie leise.

Roddy schüttelte den Kopf. „Keine Spur von ihm."

Melody nickte. Fast hatte sie gehofft, dass alles nur ein furchtbarer Albtraum gewesen war, aus dem sie nun erwachte, aber das war nicht der Fall. Alles das war wirklich geschehen. Noch immer hatte sie den

Geruch von Ruß und Schwefel in der Nase, und noch immer konnte sie Agravain vom Himmel stürzen sehen. Sie schloss die Augen, um die Tränen aufzuhalten.

„Geht es denn wieder?", fragte jemand.

Melody schlug die Augen auf.

Colin stand über ihr und hielt ihr die Hand hin, um sie auf die Beine zu ziehen. Ein freundliches Lächeln lag auf seinem Gesicht.

Melody zögerte einen Moment. Dann gab sie ihm die Hand und er half ihr beim Aufstehen. Sie war noch unsicher auf den Beinen. Als ihre Knie nachgaben, fing Colin sie auf.

„Keine Sorge, ich halte dich", meinte er.

Ihre Blicke trafen sich und Melody musste lächeln.

Der Schwefelgeruch jedoch brannte weiter in ihrer Nase.

Geheime Botschaft

Tags darauf kehrten sie wieder zurück.

Granny Fay war von Melodys vermeintlichem Unfall informiert worden. Sie hatte es sich natürlich nicht nehmen lassen, ihre Enkelin persönlich vom Bus abzuholen und mit dem Käfer zum Stone Inn zu fahren. Unterwegs stellte sie alle möglichen Fragen, die Melody beantwortete, so gut es ging. Sie wollte ihre Omi nicht belügen, aber sie konnte ihr ja schlecht die Wahrheit sagen.

„Weißt du was?", sagte Granny Fay schließlich. „Ich glaube, du hattest Recht, was diesen Mr Gant betraf. Stell dir vor: Er ist ganz plötzlich abgereist, mitten in der Nacht, ohne auch nur ein Wort zu sagen. Ist das nicht seltsam?"

„Allerdings", stimmte Melody zu.

Das war vor fünf Tagen gewesen.

Fünf Tage, in denen Melody versucht hatte zu verarbeiten, was geschehen war. Aber es gelang ihr einfach nicht. Jedes Mal, wenn sie die Augen schloss, sah sie den armen Mr Clue in den Wellen versinken. Und jede Nacht hatte sie Albträume, in denen sie wieder und wieder erlebte, wie Agravain vom Himmel stürzte. Dann hörte sie das Fauchen des Drachen und spürte die Hitze seines Feuers, bis sie schweißgebadet erwachte.

Fünf Tage, in denen sie verzweifelt auf ein Lebenszeichen von Agravain hoffte. Vielleicht war es ihm gelungen, sich zu retten. Womöglich war er verwundet und hatte die Chance, wieder gesund zu werden … Doch mit jedem Tag, der verging, schwand Melodys Hoffnung, und ihre Verzweiflung wurde immer größer. Am sechsten Tag schließlich glaubte sie nicht mehr daran, dass Agravain noch am Leben war.

Es war der erste Tag der Sommerferien, aber Melody war es einerlei. Weder aß sie etwas noch hatte sie Lust, an den Strand zu gehen. Colin hatte angerufen und sich nach Frankreich in die Ferien verabschiedet, aber auch das war ihr egal.

Immerzu dachte sie an Agravain. Womöglich lag er irgendwo in der Ödnis, mit verbranntem Fell und gebrochenem Flügel und ging langsam zugrunde, ohne dass sie ihm helfen konnte. Diese Vorstellung war ihr unerträglich.

Sie musste an die Nacht denken, in der sie das Greifen-Ei gefunden hatte, ohne auch nur eine Ahnung zu haben, worum es sich dabei handelte. Als sie aus der Schule gekommen war, hatte sie nur noch die zerbrochenen Schalen gefunden. Wie erstaunt war sie gewesen, als sie das kleine Wesen in ihrem alten, verstaubten Puppenhaus entdeckt hatte. Sie musste innerlich schmunzeln, als sie daran dachte, wie Mrs Walsh Agravain für ein Spielzeug gehalten hatte. Und mit Wehmut dachte sie an die Nacht im Wald, als Agravain Roddy und sie schon einmal vor den Agenten des Drachenordens gerettet hatte.

Warum, fragte sich Melody, während sie in ihrem Bett lag und sich schlaflos hin- und herwälzte, erinnerte sie sich ausgerechnet jetzt an all diese Dinge?

Sie hatte viel geweint in den letzten Tagen, aber die Tränen wollten einfach nicht versiegen. Wieder stiegen sie ihr in die Augen und rannen an ihren Wangen herab, dass das Kopfkissen davon ganz feucht wurde.

Inzwischen hatte es draußen zu dämmern begonnen. Dunkelheit senkte sich nicht nur über die Bucht und das Stone Inn, sondern auch über Melody – als plötzlich der Greifenring wieder zu leuchten begann!

„Was in aller Welt …?" Melody fuhr hoch.

Tatsächlich: Der Stein mit dem Greifensymbol leuchtete, zunächst nur ganz schwach, dann immer stärker. Das konnte nur eines bedeuten …

„Agravain?", flüsterte sie.

„*Ich bin hier*", flüsterte es in ihrem Kopf.

Melody war wie elektrisiert. Bildete sie sich das nur ein? „Bi-bist du es wirklich?"

„*Keine Sorge*", kam es zurück. „*Ich bin am Leben. Und es geht mir gut.*"

Am liebsten hätte Melody laut geschrien. Vor Erleichterung.

Vor Glück. Aber sie nahm sich zusammen – und schon im nächsten Moment fielen ihr tausend Fragen ein.

„Was ist passiert?", wollte sie wissen. „Warum hast du dich nicht früher gemeldet?"

„*Weil ich es nicht konnte.*"

„Warum nicht? Warst du verletzt?"

„*Nein. Ich war klug genug, den Kampf vorher zu beenden.*"

„Dann ... dann hat dich der Drache gar nicht besiegt?", fragte Melody ungläubig.

„Nein", gab Agravain zu. „*Aber das hätte er früher oder später. Deshalb habe ich so getan, als hätte er mich tödlich verwundet.*"

„Dann war alles nur Show?"

„*Mir war klar, dass ich nicht anders konnte, als zu verschwinden. Sonst wäre ich mein Leben lang auf der Flucht gewesen und der Feind hätte die Menschen, die mir etwas bedeuten, niemals in Ruhe gelassen.*"

„Soll das etwa heißen, du hast dich absichtlich tot gestellt?" Melody holte tief Luft. „Hast du eine Ahnung, was ich durchgemacht habe?"

„Nur so konnte ich den Feind in die Irre führen", erklärte Agravain. *„Bitte verzeih mir, liebe Freundin. Ich wollte dich nicht verletzen."*

„Schon gut", beschwichtigte Melody. „Hauptsache ist, dass es dir gut geht und wir uns nun wiedersehen können."

„Ich fürchte, daraus wird nichts."

„Wieso nicht? Du sagtest doch gerade …"

„Weil wir nur sicher sind, solange der Orden nichts von meinem Überleben weiß. Sollte er jemals davon erfahren, würde alles wieder von vorn beginnen."

„Aber dann … dann …"

„So leid es mir tut, Melody – wir dürfen uns nicht wiedersehen."

„Nicht wiedersehen? Du meinst … niemals wieder?" Melody hatte auf einmal einen dicken Kloß im Hals.

„Ich habe geschworen, dich zu beschützen, Melody. Und wenn das der Preis ist, den ich dafür zahlen muss, dann …"

„Aber ich will ihn nicht zahlen", fiel Melody ihm ins Wort. „Ich will dich wiedersehen, du bist mein Freund. Der beste, den ich je hatte!"

„Und du meine liebste Freundin", gab der Greif in seiner sanften Art zurück, *„und ich werde dich niemals*

vergessen. Mensch und Greif, Hand und Klaue, Herz und Mut."

„Mensch und Greif, Hand und Klaue, Herz und Mut", erwiderte Melody – und plötzlich wusste sie, dass dies der Abschied war.

„Leb wohl, Melody."

„Leb wohl", flüsterte sie.

Sie sah zum Fenster hinaus, wo die Sterne am Himmel funkelten. Und für einen Moment hatte es den Anschein, als würde einer der Sterne ganz oben am Himmel, unweit des bleichen Mondes, ein wenig mehr funkeln als die anderen, ehe er plötzlich verblasste.

Granny Fay hatte Recht gehabt.

Manche Tage endeten hier mit einem kleinen Wunder.

Epilog

Unbekannter Ort
Zwei Tage später

Malcolm Gant fühlte sich unwohl in seiner Haut.

Er war ins Hauptquartier des Ordens gerufen worden. Und er war ziemlich sicher, dass sein Bericht der Großmeisterin nicht gefallen würde.

Ein wenig zögernd betrat er das unterirdische Gewölbe, in dessen Mitte in einer Kuhle im Boden die Drachenflamme loderte, das Symbol des Ordens. Dahinter herrschte Dunkelheit. Aber Gant wusste, dass sie dennoch da waren, die anderen Meister des Ordens und ihre Anführerin. Je mehr er sich der Flamme näherte, desto mehr fühlte er ihre Blicke auf sich lasten. Überall war stumme Anklage.

Natürlich wussten sie bereits, was auf Arran geschehen war. Schlechte Nachrichten pflegten sich wie ein Lauffeuer zu verbreiten. Die Frage war nur, was mit ihm geschehen würde …

„Berichten Sie!" Die Stimme der Großmeisterin hallte durch das Gewölbe, laut und Ehrfurcht gebietend.

Gant senkte das kahle Haupt. Die ganze Zeit über hatte er nach einer Möglichkeit gesucht, die vergangenen Ereignisse zu seinem Vorteil umzudeuten. Aber es war ihm keine Rechtfertigung eingefallen.

„Das Unternehmen ist gescheitert", sagte er deshalb kleinlaut.

„Das ist sehr bedauerlich, Mr Gant", sagte die Großmeisterin mit schneidender Schärfe. „Wissen Sie noch, was ich Ihnen sagte, als Sie das letzte Mal hier waren?"

Gant nickte, ohne den Blick zu heben. „Sie sagten, ich solle es nicht wagen, hier noch einmal aufzutauchen und von meinem Versagen zu berichten."

„Und?"

„Ich habe wieder versagt", gestand Gant. „Der Greif ist nicht gefangen, sondern tot. Drachenfeuer hat ihn getötet und in die See stürzen lassen."

„Hätte der Drache ihn entwischen lassen sollen?", fragte die Großmeisterin. „Außerdem wäre es dazu gar nicht erst gekommen, wenn Sie nicht so leichtfertig gewesen wären."

„Ich war nicht leichtfertig", verteidigte sich Gant.

„Ganz im Gegenteil, ich hatte alles sorgfältig geplant. Ich behielt den Jungen an Bord, um das Mädchen zu ködern. Woher hätte ich wissen sollen, dass es geradewegs zu diesem Wichtigtuer Clue laufen und ihn befreien würde! Ohne ihn wäre es dem Mädchen niemals gelungen, die Fesseln des Greifen zu lösen!"

„Es ist ihm aber gelungen, Mr Gant, alles andere interessiert mich nicht. Ohne Ihr Versagen wäre der Greif niemals freigekommen und wir bräuchten diese Unterhaltung nicht zu führen. Aber dank Ihrer Unfähigkeit ist er uns entwischt und wurde im Kampf getötet. Wie soll es nun weitergehen? Wie sollen wir unsere Pläne verwirklichen, ohne das Blut eines lebenden Greifen? Können Sie mir das verraten?"

„I-ich weiß es nicht", flüsterte Gant und ließ sich auf die Knie nieder. „Ich habe versagt und bitte um Vergebung – das ist alles. Bitte, Großmeisterin, geben Sie mir nur noch eine letzte Chance!"

„Sie hatten Ihre Chance, Gant."

„Aber ich kann nichts für das, was geschehen ist", verteidigte sich Gant und verbeugte sich, bis er mit der Stirn den kalten Steinboden berührte. „Bitte glauben Sie mir ..."

„Ich sollte Sie zur Rechenschaft ziehen", sagte die Großmeisterin. „Ich sollte Sie dafür bestrafen, dass Sie meine Hoffnungen enttäuscht und mein Vertrauen missbraucht haben ..."

„Bitte nicht, Großmeisterin", flehte Gant und begann fast zu weinen. „Bitte nicht!"

„… aber ich werde es nicht tun", fuhr sie fort. „Denn Sie haben mehr Glück als Verstand, Mr Gant."

„Tat-sächlich?" Er riskierte einen vorsichtigen Blick.

„Unsere Abteilung in Tibet hat etwas gefunden, was die Lage entscheidend verändert."

„Wi-wirklich?" Gant schöpfte jähe Hoffnung. Vielleicht würde dieser Tag für ihn ja doch nicht auf dem Meeresgrund enden.

„Wissen Sie, was das ist?", fragte die Großmeisterin. Jenseits des Feuers erschien eine vermummte, in ein weites schwarzes Gewand gekleidete Gestalt, die etwas vor sich hertrug.

Gant traute seinen Augen nicht. Der Gegenstand war etwa eine Handspanne hoch, von bläulicher Farbe und leuchtete schwach.

„Das … das ist …", stammelte Gant.

„Ganz recht", bestätigte die Ordensmeisterin, die den Gegenstand in ihren Händen hielt. „Dies, Mr Gant, ist das Ei eines Greifen. Nicht mehr lange und das neue Leben in seinem Inneren wird schlüpfen. Und dann kann das Unternehmen ‚Chimäre' doch noch wie geplant vonstattengehen. Zu unserem Wohl und zum Verderben der übrigen Menschheit."

Und damit warf sie den Kopf in den Nacken und

lachte so laut und böse, dass es nur so von der Gewölbedecke widerhallte und selbst der üble Mr Gant eine Gänsehaut bekam.

Michael Peinkofer, geboren 1969, studierte Germanistik, Geschichte und Kommunikationswissenschaften. Seit 1995 arbeitet er als Autor, Filmjournalist und Übersetzer. Der Roman „Die Bruderschaft der Runen" brachte ihn zum ersten Mal auf die Bestsellerlisten. Heute gilt er als einer der erfolgreichsten Fantasy-Autoren Deutschlands. Mit seiner „Gryphony"-Trilogie hat er sich einen Traum erfüllt: die sagenumwobenen Greife endlich aus dem Schatten der Drachen zu befreien und ihnen die Hauptrolle in einem eigenen Abenteuer zu geben. Michael Peinkofer lebt mit seiner Frau und seiner Tochter im Allgäu.

Helge Vogt wollte als Kind Paläontologe werden. Irgendwann wurde ihm aber klar, dass er Dinosaurier und Monster lieber zeichnet, als sie auszugraben. Er arbeitet als Illustrator und Comic-Künstler für zahlreiche Verlage, unter anderem Disney. Helge Vogt lebt in Berlin.